走到出版界

高长虹 著

山西出版传媒集团
三 晋 出 版 社

图书在版编目（CIP）数据

走到出版界 / 高长虹著. -- 太原：三晋出版社，
2014.12
ISBN 978-7-5457-1061-8

Ⅰ. ①走… Ⅱ. ①高… Ⅲ. ①散文集—中国—当代②
诗集—中国—当代 Ⅳ. ①I217.2

中国版本图书馆CIP数据核字（2014）第276738号

走到出版界

著　　者：高长虹
责任编辑：周　雨
装帧设计：郭智勤
责任印制：李佳音

出 版 者：山西出版传媒集团·三晋出版社（原山西古籍出版社）
社　　址：太原市建设南路21号
邮　　编：030012
电　　话：0351-4922268（发行中心）
0351-4956036（综合办）
0351-4922203（印制部）
E-mail：sj@sxpmg.com
网　　址：http://www.sjcbs.cn

经 销 者：新华书店
承 印 者：山西臣功印刷包装有限公司

开　　本：787mm×1092mm　1/32
印　　张：11
字　　数：160千字
版　　次：2015年1月　第1版
印　　次：2015年1月　第1次印刷
书　　号：ISBN 978-7-5457-1061-8
定　　价：35.00元

ISBN 978-7-5457-1061-8

卷 头 语

惠子相梁，庄子往见之。或谓惠子曰："庄子来，欲代子相。"于是，惠子恐，搜于国中。三日三夜。庄子往见之，曰："南方有鸟，其名鹓雏，子知之乎？夫鹓雏发于南海，而飞于北海；非梧桐不止，非练实不食，非醴泉不饮。于是，鸱得腐鼠，鹓雏过之，仰而视之，曰：'吓！'今子欲以子之梁国而吓我邪？"

借郭沫若诗代序

有喜欢同死唇接吻的王姬，
有喜欢鞭打死尸的壮士，
或许会来到我的墓头，
把我的一些腐朽化为神奇。

化腐朽而为神奇，原本是
要靠有真挚的爱情，或者敌意——
这是宇宙中的一个隐谜，
这是文艺上的一个真谛。

目　录

1. 厦门通信

2.《阿 Q 正传》成因

3.《走到出版界》的战略

4. 新的世故

5. 所谓“思想界先驱者”鲁迅启事

6. 我的答复

（上诸文从略）

艺术批评与艺术

什么是艺术批评呢？艺术批评是对于艺术如何产生的一个说明。这是一件很烦难的工作，一个艺术批评者必须具有对于艺术的鉴赏，又必须有充分的关于人生的科学的知识。如其没有第一个条件呢，那是所谓科学的批评。然而，没有鉴赏，则不懂艺术，又如何能够批评艺术呢？如其没有第二个条件呢，则那又是所谓印象的批评，印象的批评，其本身也只是艺术，那如何又能算做艺术批评呢？所以，艺术批评必须同时具备两个条件。但这样艺术批评，我还没有看见过。

欧洲普通的艺术批评，大抵常分科学与印象两派。属于科学派的，大抵不是艺术家，所以也没有相当的艺术的鉴赏。艺术家而兼做批评的，则又常属于印象派，对于所批评的艺术为不必，对于艺术的“观众”则无用。然而两派又各自固守着阵地，不肯前进，也不肯后退，其结果自然是相互的灭亡。近来不知道有没有新的艺术批评出世，但我见过一篇表现派的艺术批评，则并不是我之所谓新的。

俄国的艺术批评，比较肯着眼于实际的人生，所以比较有特殊的色彩。然直到马克司主义的艺术批评出世后，仍然没有走到新的艺术批评的路上，近来又一切都支配于权力之下，怕更没有什么希望了。

说到中国来呢，则更卑之无甚高论，现在还没有艺术批评。

然而，也并不是没有貌似的艺术批评。反倒常听见艺术批评家叹气：“中国没有艺术哪!”中国有没有艺术是另一件事。再说如其不是我们所认为艺术批评家，则他的一声叹气决不会使我们疑惑真是没有艺术。但是，既然自己以为是一个艺术批评家了，则又何必定要批评新出的作品，中国向来还没有过艺术批评，难道一个新的批评家刚一出来，便连一点材料都找不到了吗？几曾听见过天文学家叹气："天空没有星哪！"几曾听见过生物学家叹气："地球上没有生物哪！"

近来在《创造月刊》上看了成仿吾的两篇文字，我以为作者是在那里背历史，谈道德呢！不但离我所希望的艺术批评很远，便在欧洲那些较高明的艺术批评家中也没有这样陈腐的议论吧！然而作者偏正是中国的自谓艺术批评家者之一呢！

艺术批评是那样烦难，然而我们在普通谈话里所碰到的，批评又何其容易呵！一个人时常把一篇作品大略一翻，他便说话了，而且他所说的，好像他真以为是确乎如此也者。至于我们在普通出版物上所看见的，关于批评的文字，我们也看不见说明，而只看见估价，这大概是属于商业派的艺术批评吧！

在《醒狮》周报上看见过刘大杰的一篇文字，据说，中国现在已经有纯文学和国民文学两派在对立着，而且是大家都知道的了。但是，我偏不曾看见过。国民文学派，或者还可以推测作者所指的于一二。纯文艺派，则我无论如何不能够知道。然而，作者却说是大家都知道的，而自己又不说出来。我们可知人们对于批评文字如何轻率，别一方面，又可知道谈话间的批评好像还大有势力呢！

商业派的批评退下来便成了广告。但这广告也只是中国式的广告。要说外国书店的广告，则有时还是中国批评家所梦想不到的批评呢！而且，中国式的广告虽然不好，但人们还大致都知道一点。若广告而托名批评，或托名介绍而行其批评之实，则弊必有较广告而更大者。我有一次在《申报》上看见赵景深介绍一本书，说那是中国第一本什么集，并且引证了几个外国的文学家来装潢那本书的作者，说得像煞有介事者，批评的丑态真无奇不有呵！

所谓读后感者，在各定期刊物上也很流行。看字面呢，则这本来是一个人读了某书后而述说自己的一些感想。往小里说，就好像古文的书后，往大里说，或正可走到印象派批评的路上去。然而流行的读后感则大抵都不是这样。虽然名为读后感，然其实倒正是读后书评，所以并不述说读者的感想，却只评论书的短长。然而批评又决不是这样容易的事情。所以我们看过一篇读后感后，我们的读后感便成为这样：既不能从它知道某书的内容，又不能从它知道读者的感想。而只看见国人之轻率于批评而已！也许人们以为这读后感者不是对于书的内容的感想，而是对于那本书的感想，则这更证明他不懂艺术，离艺术批评的工程还远得很呢！实则，能够写一篇真有所感的读后感，在中国怕已是不可多得之读者。而且，从这里到艺术，倒正是正路，舍正路而不由，而去冒充批评家者，你们可以有所感了吧！

因为人们不懂艺术，也不懂批评，所以偶有新的创作出来，所谓批评家者便大抵都不说话。第一，因为新的创作一定都有些古怪，他们只看见坏处，然而又怕说错。第二，他们看见很古怪的，又以为或者也有好处，然而又说不出来。两者即一，结果是置之不说。而所说的，于是只限于他们所习熟的人的作品，或略负时望而又淡薄的作品。便成为应酬周旋，与批评遂相去更远。这样举例，由陈源而下，我们可以数到不少的人数。

我们不但看不见艺术批评，而且为艺术之阻碍的还正是这些批评呢！新兴的艺术如想站起脚来吗？则在打倒虚伪的作品之外，一件重要的工作是不能不先打倒这些虚伪的批评！

中国人向来没有赏鉴艺术的习惯，新兴艺术初出世时，自然是不会被人们认识。虽然外国的每一次新艺术运动开始时，也常受到同样的困难，然而毕竟是好一些，他们还可以遇见几个敌人。中国便没有那样希望。便偶尔在文坛上遇见几个文敌，然大抵是相视以目，中国人真是卑怯而圆滑而麻木得可怕呵！我想；真的艺术家也许会在中国寂寞到老死下去。不止！还不止此！古代的屈原不是直到现在还没有被人们认识吗？而且，屈原已是幸运儿了，如其他没有坐过楚国的几天臭官时，那也许连他的名字都会被人们忘掉呢！

青年艺术家初出来时，受尽社会的气。所以比较轻率些的，便联此以抗彼，一发而不可收拾，遂与社会同流合污了。出师未捷身先死，到这时，原先的艺术家其实已经夭折了，然而社会同病相怜，反而才欢迎起他来。这便是中国人对待艺术家的手腕，这真是天下英雄入吾彀中的传统政策呵！

若夫硬到底，穷到底者，艺术或者会成功了，然而做着已饥已溺的好梦，而结果却只是无踪无影。艺术在中国，似乎只在要埋没几个勇士。所以，在这条绝路上走着的朋友们常对于艺术而致其最大之憎恨，而常有去掉笔杠之思，这也不是无因的吧！

但或者，在这里也会有一条纯新的路开辟出来，我却常作如是观呢！第一呢，像外国那样专门艺术家是不容易养成的。第二呢，艺术所不留宿的流浪人，别处更没有容纳他的雅量，倒许有什么非常的事会出现了！我真不免这样想呢！中国如其会有科学吗？那一定是那些流浪人们做出来的！中国如其会有伟大的运动吗？那一定是那些流浪人们做出来的！总之，中国将来无论有什么非常的事件，我便以为除那些流浪人外，是不会再有人去做的呢。而且，在这中间，那些流浪人们将要做出纯新的艺术，为欧洲所没有过的艺术，因为他们过的是欧洲艺术家所没有过过的生活呵！然而这里呵，我真是现在一点也拿不出证据，人们也大可以无须相信吧！

5，9，1926，上海滩。

艺 术 界

《语丝》第九十四期登有《金枪》一诗，作者黄运初，尾注越南，黄君或即越南人也。我向来对于南方人总不免时抱悲观，因其轻飘飘地故也。但也不是没有例外。在理想上呢，则我之喜欢南方或有甚于北方者。到上海后，我的悲观越发增加。在上海的各种出版物中，想找一二思想明透，卓然有所建立者，固不可得，即于黑暗中想摸索几点微射的闪光，也只摸索得黑暗而已！回想北京，倒成了思想的天国，但后来，居然在创造社出版部里熟识了小伙计仲平，则又地有分于上下，而无所谓南北，即《水浒》所记好汉常从背后出是也。而仲平又越南人也。因此，我便非常爱起越南来，常想什么时候能到越南走一趟。现在读了黄君的诗，我对于越南的感情，便越发圆满到十分了。

仲平已被解职到北京又到陕西去了。仲平的诗，在上海期间，只在《洪水》上发表过几首，《创造月刊》何以不发表他的诗，我常不能明白。临走时，他为《狂飙》季刊写了一首长诗，现在还放在我的抽屉里，正不知何时才得见天日呢！

我对于创造社向来是抱好感的，虽然我不喜欢他们的作品。他们前数年孤苦奋斗的历史，我对之表无量的同情。但从我在《莽原》第二十四期上发表了一篇批评《洪水》第一期《论是非》一文后，作者霆声不答辩，却用侮辱的态度报我。我于是不高兴创造社了。他们显然想袭用他们的历史而压迫未来，然而这是多么可笑的乏戏呵！到上海后，我也认识霆声了，我很想旧事重提，同他当面辩论一番则个，但我知道了他不愿意辩论的时候，也便作为罢论了。近来自仲平事发生后，我越发愤懑了。何以文艺界的朋友对待文艺界的朋友，也完全像老板对待小伙计那样呢？

仲平的诗集“未奏了的大曲”，已收为狂飙社出版物之一，尚未付印。此外有“海夜歌声”一集，将由幻社印行。

今　昔

近年来各出版物中虽不乏谈科学者，而有科学的素养者实少。如《现代评论》所载关于政治经济等文，不知者或以其为近似科学的，实则截然不同。比之外国，不过等诸新闻记载而已。国人之能应用科学于中国事实之批评者，以吴稚晖为第一人。虽然他说话随便，感想多而谨严少，然其基本思想则纯然科学的也。我于中国负时望者之文字，最喜欢看者，只吴稚晖，鲁迅两人。岂明时有善言，故亦有时喜欢看。常想写一些文字批评批评他们三个的著作，但直到现在还没有动笔。第一，自然是怕做不好。第二，则写的少呢，少人能看，写得多呢，且成卷矣。

在《狂飙》季刊预备期间，我本想写一篇文字批评一年来北京思想界的新倾向，但终以忙着编稿校字及做别的文字，所以没有做起。以为到第二期做吧。去年一年北京的出版界，因为特殊的时局的缘故，思想上引起一个小小的运动，这运动因为艺术的色彩比较多些，所以一般读者们都难于认识它的真象。从事运动的人呢，大抵自己又都不明说，所以直到现在世间还像没有什么也者。但这个运动，虽然没有那样普遍，但比新青年运动却深刻得多，它是会慢慢地蹋实地表现在事实上呢。其中虽然也不是没有派别，但当时的精神却是一致的。就形式上说，可分为《莽原》，《语丝》，《猛进》三派，然而大致都是由思想的自觉而表现为反抗；而所反抗的在大体上又都是同样的目标。三派之中，又以《莽原》为最急进。在思想的色彩上说，则《莽原》是艺术的，《语丝》是自由批评的，《猛进》是政治哲学的。假使这三种周刊合组而成为一个月刊，再有人多做点宣传的所谓系统的文字，则人们的耳目一定会更为清爽一些。我那时也曾注意到这一点，曾有过办《狂飙》月刊的计划，但一着手便失败，后来才知道那原来是不可能而且不必要的事情。

如有留心的朋友把那时的各种刊物，同那时的环境详细研究一下，做一些系统的说明出来，倒是一件颇有意义的事。但是，这样的作者，怕一时还很难遇到，或是还落得要我来写，这是常使我感到懒惰与踌躇的，或者这也正是我直到现在还没有写出什么的一个最大的原因吧！

吴稚晖近著一书所收的文章，也都是在那时发表过的。这是异军突起，而仍组成一联合战线。回首冷落燕市，不禁感慨系之呢！

科学书的贫乏

无论在著作界或翻译界，科学的书都看不见多少，这可以证明西方文明还没有到中国来，而近年来的文化运动徒有其名而已。据我所看见的，真的科学的著作只有郭任远的《人类的行为》一书。然而又只出了一本上卷虽然极端而且正确，但终之都是一些假定的理论。实验的下卷，则久久不出，听说作者且已中止他的工作了。所以从摇床到坟墓，科学的生与死在中国是如何来得痛而且快呵！现在没有上年纪的人中，我只知道我的朋友德荣是一个诚恳地从事科学工作的人。他的行为主义更极端，我以为也是正确。此外，在不知名的朋友中一定还有，只是无从知道罢了。

二十年前，人们躺在大烟灯傍谈西学，现在则人们躺在床上看政论，在这样环境之下，科学自然是不会有什么发展的。而且科学的书也自然是不会受人们欢迎的。

翻译界呢，《物种原始》要算是最大的成绩了。《资本论》则到现在还没有。安斯坦的，却很有几本几乎同样大小的小册子，使安斯坦到中国来看见时，还会疑惑是到了小人国里呢！

至于那些被人们误认为科学的书，则大抵讲的是兔与猫的竞争，古书句读考，手淫善恶辨及张吴争霸之类。

7，9，1926，在上海滩。

中国艺术的姿势

人类的行为是刺激的反应，而不是有意识的，所以人常不能够认识自己的同别人的行为。表现行为的艺术，所以最真实的，便是那最近于无意识的。写实主义者在表现现实，却以观察为根据，所以不能够表现真实的现实。再则，虽然艺术上常有用科学的一个形容词的，然艺术同科学总是相去很远。所谓观察者，写实主义的观察与科学上的观察也相去很远，我常觉得表现主义比写实主义更是科学的，而且这也是用最进步的科学可以说明的呢！

中国现代似仍以写实主义较为适宜于一般读者。过此则怕都谈不到。然写实主义的作品在现在则仍寥寥无几，将来不知若何。据我的推测，中国艺术的趋势，必不能按着欧洲过去的步骤进行，而为：其先必呈一极紊乱的现象，而结果则将有一最新派出现，而又不是表现主义或未来主义，而必带多少行为的同现在的色彩。现在如有批评家出现，我想他便在现在的出版物中也可以看出这一个姿势吧！

读《谢本师》

读《语丝》第九十四期周作人《谢本师》一文，就此写一点读后感吧。

中国人大抵都偏于保守，我以为这是家庭的农业经济的一个必然的现象，与国民性没有关系。近年来受了资本主义的经济的帝国主义的压迫，一时呈现出紧急的变动，然变动之中也仍是保守的色彩很多，然又不能不随时变动以适应环境。故此兴废盛衰，频仍不绝。这种环境之下，有做统一之梦者，真是一个好梦而已！而且，各界都没有例外。

离题太远，话归本题。章太炎的名字，我在民国四年才初次听一个朋友提起，说他古文做得很好。我当时漫应之曰："现在那里会有好文章！"遂没有留意。初次见他的书，是在民国五年初到北京的时候，我很爱看，大概有一年多的样子。我所爱的，一，态度显明，二，论理谨严，三，文章古奥，四，学问渊博，却也奇怪，我次年偏尔在一个大学校听讲，教员只有两个好的，一个讲心理学，一个讲论理学，偏都是章太炎的门生。教员初上台的时候，总务长一经介绍，台下的学生便立刻都眉飞色舞，可知章太炎的名字在那时有多么漂亮！

我又想起我的父亲来。在那时他屡次说我不要看章太炎的书；可惜我无法遵守。但到他去年快死的前数月谈起章太炎时；他的态度已完全变了。

上海时疫流行的期间，章太炎在报纸上同人大辨论药方问题。我那时想：如其有人到他们那里看病去，怕是辨论还没有结果，而病人已经死了呢！

又，从前我在北京的商店里也常听见伙计们谈说章太炎的名字，但是最脍炙人口的却是：章太炎的新夫人要同他离婚，说是嫌他嘴臭，他的骂人的大名，可算是鼎鼎的了。但是现在呢，骂人犹是，而嘴臭无闻。

至于出书斋而赴朝市，则是很普遍的现象，虽然也有不大高明与或较高明的分别。这是一个很大的问题，不能以“中国谬见之遗传”一语决之。

小　书　局

在前几年时，有一两种代表一个新趋的向的刊物出现时，常是由小书局印行的，如《新青年》，《创造》都是。这个事实已在说小书局在出版界曾经站在较进步的地位。可是，最近几年，纯然代表新的趋向的新起的刊物却不大看见了。或者有识者还因此叹青年之没有进步。然而这与书局却没有关系，书局不往上进的路上走，则虽有新的趋向，也只能潜伏在几个落拓穷苦的青年的手中，新的刊物是不会自己飞在大人先生们的面前的。即如《沉钟》半月刊的出现，虽然终于出现，然也经了几番的周折呢！

近年来几家旧的小书局似乎渐觉冷落，代之而起的是由新读书人自己办的书局逐渐增加。这似乎是一个好的现象，可是也难说定。将来究竟如何，还得等办书局的先生们自己用事实来说明。最容易走上绝路的，是新读书人最容易犯的成见用事那一个毛病；别一方面则这样书局在营业上也有许多的便利，无须乎像从前那样常得走冒险的路。然而一切新的东西都从冒险中来，则知之者多而行之者又何其少呢？所以一个书局如想对“新思想，新文艺”有什么贡献，是不能不注意这些的。如以为除自己的一些作物外，即便千好万好，便谓“天底下没有新的东西”，则真是无药可救，未堕地而先死了呢！

文化的论战

胡适的文字，近一二年来已不大看见了。近来因为在日本《改造》上发表的一篇关于文化的论文，似乎又要引起论战的样子。真是无聊的事呢！究竟文化是什么，其实也没有几个人说得上来的。不创造文化而只讨论文化；消闲则有之，于文化何益？

胡适自己的文字，便没有同文化有什么关系的。整理国故吗？那只是整理中国古代的文化！宣传或应用实验主义吗？那也只是宣传或应用外国的文化，况且，国故与实验主义究竟是不是文化，还是没有先决的问题呢！谈文学而不懂文学，谈科学而不懂科学，谈哲学而不懂哲学，实验之谓何？如有人说："拿证据来！"则胡适除了一些谈说的闲话外，有没有文学，科学，乃至哲学，乃至好政府把来给人看呢？

胡适是主张实事求是的人，所以，要谈科学吗，便应该先做点科学的工作——如物理学的，化学的，生物学的，科学的心理学的，科学的乃至半科学的经济学的。不应该听了哲学便来谈科学；听了别人的实验主义便来谈哲学，谈西洋文化，谈政治；看了中国古人的书便来谈东方文化。

胡适好久不谈文学了，有人说是他已觉悟了自己不懂文学，不知道是不是也因为出书斋而赴朝市，但是，胡适不谈文学，却是可大书特书的中国文学进步的一个证据。所以，他现在又谈文化，又谈科学了，这也便是中国科学文化不进步的一个缘故吧？弄潮的唯物主义的警钟不知道可以惊醒胡适的迷梦不可以？

至于已经加入这次论战或将要加入的人们或朋友，我希望你们注意这一个提议：在论战之前，先认识清楚什么是科学，什么是文化，乃至什么是唯物主义。

11，9，1926，在上海滩。

文化讨论与文化有什么关系？

范寿康在《一般》第一期发表了一篇关于文化的论文，末尾说，问题太难，天气太热，讨论只好待诸日后。当初梁漱溟提出这个问题的时候，胡适也说过相类的话。我以为这几句话的实写倒比他们讨论的价值高过百倍。第一，这可证明他们的讨论是一件没有结果的事，因为问题太难。第二，这可证明他们的讨论是一件不必要的事，所以有“天气太热”。第三，这可证明他们的讨论只是秋凉时的一种闲。第四，这可证明他们的讨论于文化没有关系。

如其农民们说，工作太难，天气太热，只好待诸日后。则我们便会看见这一年必定有好多人要饿死的。工人也说不得那样话。如其所谓文化是指着对于人类的生活切于实用的时候，则农工的生产，谁都不能说不是文化。所以农工的劳动便是文化的创造。因为农工不劳动便不能生存，所以他们才创造出文化。因为消闲的人们离了农工便不能生存，所以他们是靠了农工的文化而生存。因为农工到某个时期不发明工具便不能生存，所以农工创造出科学。因为消闲的人们把生产科学做了谈资，所以他们来讨论文化。如其没有农工也便没有文化，消闲者早活活饿死了，还讨论些什么？如其农工不发明科学，消闲者便讨论到一万年，能讨论出科学来吗？如其消闲者吃饱睡醒，相安无事，绝口不谈文化，只要有农工在着，文化能够不进步吗？如其消闲者懂得了什么是文化，丢开消闲而去劳动，丢开讨论而去发明，其有益于文化者又如何呢？

如其艺术也是文化之一的时候，我们要对那些消闲的人们说："你们不要讨论艺术，待诸我们创作好了！"我们又要对那些中西古代的艺术家说："我们没有闲工夫讨论你们的创作，我们正在创作我们的呢！"我们又要对那些后世的消闲的人们说："不长进的东西，不要讨论我们的创作啊！"

讨论文化的先生们知道中国农业不发达，然而遭了旱灾的时候，他们也一样不能使老天下雨。讨论文化的先生们知道中国的饭食不卫生，然而他们能够吃西餐。讨论文化的先生们知道外国的枪炮利害，然而他们在外国只学了些关于枪炮的讨论之术，所以没有带回枪炮来。一旦同外国到了两军阵前，诅咒枪炮固然要失败，但恭维枪炮也不能得胜。

我们也不是东方人，也不是西方人，我们也没有枝枝叶叶的文化，我们是这样一个国里的人：这里有劳动，发明与战争，而没有讨论。

不装腔作态

到上海后第一次看见的颇有意思的刊物，是《A11》了。第一是因为小伙计们办的，劳动之余自然说出的是人话。第二是因为小伙计们办的，所以不装腔作势。第三是因为小伙计们办的，所以胆量却不小，好打抱不平。第四是因为小伙计们办的，我还是第一次看见，所以新鲜。但出了三期却不见了，真是好花能有几时开呵！到变了《幻洲》时，便有些变了。《幻洲》又要改出半月刊了，又奇怪地分作《象牙之塔》与《十字街头》两半，《象牙之塔》我是没登临的，《十字街头》或可以看见从前的旧面目，我总可以分取一半吧！

人们能够不装腔作势，文字的第一步已做到了。能够说自己的心腹话，文字的第二步已做到了。思想，艺术都是从这里开步走的。而人们偏于好装腔作势欺骗人，而独自命为思想，艺术也者，那怎么好呢？请他们将来熟读《十字街头》三百遍吧！

不装腔作势而说心腹话的文体，是从《语丝》，《莽原》开始的，《语丝》多讽刺，《莽原》则多谩骂。《洪水》也曾有过类似的倾向，但装腔作势的地方却很多。近来各处似乎逐渐流行了，然而近乎的却还不多见，则以地位，心境，思想相差太远故也。这原不是可以从字面上学得来的呵！

吴稚晖则又是这样文体的一个先驱者。

再说几句吧。其实《语丝》上的文字又何尝一样呢？比如，衣萍的，直爽多而思想少；语堂的，漂亮多而思想少；川岛的，玩笑多而思想少，以至一正是一个人有一个人的色彩。至于《莽原》呢，我想不用说什么了，我也许还会失掉了阵地呢——但总之，周刊和半月刊的色彩几乎两样，是人们都可以看得见的。

一九二六，九，一二，在上海滩。

革革革命及其他

郭沫若说：不但有革命，还有革革命，还有革革革命，请问郭君命是什么，如何革之？这怕不只是一个名辞的问题，郭君一面谈阶级斗争，一面又谈革命，一面谈唯物史观，一面又谈最大多数之最大幸福，一面谈国民革命，一面又谈世界革命，矛盾实甚。在流行的刊物上虽然也常见这类论调，然艺术界闻名的郭君则不当如此。郭君在中国艺术运动史上是占有地位的人，但给时代以贡献的，却还是初期的《女神》，《少年维特之烦恼》等著译。《星空》而后，则名誉日高，而地位日落。“我不入地狱，谁入地狱”，是不仍然是个人主义，浪漫主义？昔则“僭妄”，今日过之！望郭君猛省！

我近来研究了一点经济学，才知道革命原来是没有的事，革命只是阶级战争中的一个夸张的口号，亦如对方之讨贼也者。一天，碰见鲁迅，我同他谈了，他也说："革命本来也是人们造出来的!"鲁迅是一个深刻的思想家，同时代的人没有能及得上他的。

中国人把革命两字太浪用了，一方面固然由于思想的混乱，但根本的原因还是革命本来便没有确定的意义，没有确定的意义的字，大抵只是字，而不是事实。所以废弃不确定的字是明晓事实的一个直接了当的方法。吃饭，穿衣，生死，这一类字没有用错的，团为它是事实。没有错误，也便没有思想问题。德荣根据心理学的发见，主张更极端，他说，现在应用的字都是错的，都得重新另造一遍。

中国人的思想大抵浅薄，所以不但不能发见欧洲人关于革命的错误，而且引用了来把原来惯用的某种意义都失掉了。政治上呢，听见欧洲人谈革命，便什么都是革命了。文学上呢，听见欧洲人谈派，便什么都是派了。我们现在是要来一个彻底的正本清源的办法，我们不说欧洲从前是如何，我们要说事实是如何。

莫泊三及其不幸

莫泊三的小说在十九世纪的欧洲是曾轰动一时的，在代表自然主义者的态度这一点说，也确乎是一个最适当的人物。但是，自然主义并不便是艺术，所以我们如要看莫泊三艺术上所占的地位如何时，我们是要丢开他在自然主义上所占的地位，而看他的艺术的本身。我们看见莫泊三在他初年同晚年的一部份作品，人类生活的平淡的同惨苦的图画，我们觉着莫泊三诚不失为一个不说谎的艺术家。不说谎并不是艺术的最高点，那宁可说是艺术的水平线，所以莫泊三总算是水平线上的作者了。然其价值也止于如此而已。我们如要再往高或深里探求，则我们将得到空虚。固然，自然派是不懂得行为的，自命是一个人生的傍观者，然而傍观者不能够明白局内的真象，自然派当没有理由致其反对的雄辩。实则，与其说自然派是人生的傍观者，毋宁说是人生的退缩者。时代是不停地在进化着，虽然是由于必然的趋势在追赶着人类，然而那被追赶得最快的人仍然不能不说是人类中的一些捷足者。退缩的那一大部分，在时代上它们不是行其所不得不行，而是受其所不得不受。莫泊三也是这类的人中一个，所以他只能看见这一类人的生活的真象，然而这却不是时代的真象。莫泊三像一个乡下人，当战争的时候，他自谓看见战争的真象。然而他却没有到过前敌，他看见的只是些逃亡的败兵。他于是从而描写败兵，并且他不用他的说话，却用比说话更偏私更容易迷惑人的片面的事实告诉人说："军队里只有的是败兵。"

莫泊三是一个小孩子，他是以小孩子始以小孩子终的。他的表面上极其矛盾的初年的同晚年的生活，实则有一条不断的线，在连络着，深刻的观察者会知道那完全是没有变更的一个人。那便是他的"顺受其遇"。他快乐，他绝望，他献身于艺术，他沦亡于艺术，乃至他感到永久的痛苦而自杀，感到当时的痛苦而又中止其自杀，乃至他感到发狂而终于不得不发狂，在这中间，都有不变的一点，那便是："顺受其遇。"这是他的老师十年的教育所没有能更正的，而且也不会有能够更正的人。

至于他受一般人欢迎，则在这个艺术家更不是一件名誉的事。他的那大部分毫无意义的小说，除去消耗他自己的贵族的消闲的时间及投其所好为一般人所乐于赞美之外，在艺术上说，是他的最大的污点。他甚至从他的那些坏的作品中暴露出他的一部分好的作品的缺点。他真实地要说出他的所见，然而他却不去真实地追求他的所见者。

莫泊三的作品译成汉文的，大抵出于李青崖的手笔那样公文式的文体，这也是他的不幸。中国人也有不少喜欢莫泊三的，其所喜欢自然是玩笑与公文了，离艺术又何其相去之远呢？我是爱莫泊三的，然而为艺术我不能不可怜莫泊三，为莫泊三我不能不可怜中国的译者与读者，而来说了这一套闲话。

再读《兰生弟的日记》

《骆驼》赊来已数礼拜了，那一篇《兰生弟的日记》却终于没有一读，因为我有一种坏脾气，拿起一篇作品时，我常先把前几段一看，如其看不到什么时，便丢开了。《兰生弟的日记》也是这样一篇不幸的文字。近几天看了郁达夫在《现代评论》上发表的那篇批评，我觉得不大释然，才又引起再来一读的想头。我终于读了，但是仍然不幸得很，我只读到二十九页便中止了。我觉得在这里没有遇到艺术。这是些记事同说话，虽然是诚恳的。诚恳不便是艺术，虽然它是艺术的起点。我诚恳地说："这个作品出世太早了，在它没有成为一个作品之前便出世了，所以它不是一个作品。"用文字写出的艺术自然不能够离开记事同说话，然而艺术是超于记事同说话之上的，或者说，记事是要艺术的记事，说话是要艺术的说话。犹之科学不能够离开与料，然而与料不便是科学。我的意思是，如其作者丢开了这些已经写出的，再去写那未曾写出的。艺术大概是会出来了。如其事实只是事实时，现在的这一篇《兰生弟的日记》诚然是一篇日记。我并且声明，我现在宁可说是站在写实主义的立脚点说话。

到第三次有所感时，我将第三次来读这篇《兰生弟的日记》，这里如有错误时，也只好待那时更正。

1926，9，15，在上海滩。

希望科学出现于中国

《现代评论》上有一篇端六的《广州现状》，据说是以纯客观的态度实地考察得来的报告，但其实是一段随便的杂记。客观两字，本来难于做到，客观而又加之以纯，或者是超于科学之上的客观吧。上帝已经死了，科学之下又还没有科科学降生，所以纯客观云者，至少也是谎话。

人们每不把科学拿给人看，而只是凭空说什么科学的态度，然而没有科学，又如何证明有科学的态度？再则，对于天文地理，客观或者比较容易，若对于人事，则人都是人中之一人，何以独能有所谓纯客观者。即便有真正的科学，也不过是较客观的而已，以言乎纯，去之甚远，而况连科学都没有呢？

从前人们以为上帝是公平的，然而上帝住在天堂，何以能公平处决地球上的人事？所以愤激的艺术家便每诅咒上帝而颂祝魔鬼。后来哲学也颇想取上帝而代之，然它同上帝也同样是失掉了自己。现在我们便只可相信科学。然而我们不相信那些空谈科学的人。谁如说他有科学的态度时，我们便问他要了：“拿科学来!”

中国科学社同中国那些空讲科学的人，并没有科学的成绩给我们做出来，而却空摆科学家的架子，我们不承认他们是科学家吧！宣传科学，我们认为是需要的，然而宣传科学的不便是科学家，所以宣传科学最力的而又朴质的吴稚晖不自命科学家。再说，坐在天文台上的天文学家也不配说他能够客观人事。地质学家也说不出经济的原理来。

那末，端六的纯客观究竟是怎么一回事呢?据他自己说：“承招商局傅筱庵先生的厚谊，差不多把广利轮船的大餐间官舱房舱都送给我们了。”是了，那大概便是大餐间里的纯客观吧！而且，厚谊有过于送给者，人事的地位有过于大餐间者，所以客观之上，而又有纯，纯之上而又有纯乎其纯的时候呢!

末后，端六希望政府出版机器出现于广州，我也希望真正的科学出现于中国!

写给《彷徨》

有人用再现和表现批评过《呐喊》。然而，什么是再现，什么又是表现呢？两者并没有确定的界限。生活以外没有艺术，艺术是生活的表现。那末，什么又是再现呢？人不能够忘我，自然派自谓离开自己，却没有做到离开自己。那末，什么又是再现呢？艺术不能离开生活，艺术批评也不能离开生活批评。那末，所谓再现者，在生活批评上是什么意义呢？有人又以为鲁迅是一个生活的傍观者，然而这生活的傍观者一语，简直是不可思议。因为所有活着的人，便都是在生活的人，如何能够傍观生活呢？批评家们只要注意到《呐喊》的命名，也还不至于有这样错误吧！

我初次同鲁迅见面的时候，我正在老《狂飙》周刊上发表《幻想与做梦》，他在《语丝》上发表他的《野草》。他说："《幻想与做梦》光明多了！"但我以为《野草》是深刻。他说了他像所译述的 Kupoin 的一篇小说的主人翁，是一个在明暗之间的彷徨者。我没有看见那篇小说，但《野草》的第二篇《影的告别》便表现得很明白。虽然也可以说是年龄的关系吧，但我以为时代或者是较真实的原因呢。在去年的一年间，鲁迅显然是一个战士了，彷徨的分子似乎已减少，而光明加多了，虽然在较深刻的意义上人生怕是求远在明暗之间吧！

现在以《彷徨》之名而行世的这本小说集，其中如《孤独者》，《伤逝》两篇，似乎已闪出无名的，意外的新的期待，却终于写出更大的破灭与绝叫，且终于写出更深刻而悲哀的彷徨，则作者终是在较深刻的意义上而生活而创作呢，也还终是时代的原因呢？

28，9，1926。

与春台讲讲《语丝》

我所喜欢的是《野草》的《语丝》，是同传统思想，同黑暗势力，同虚伪绅士奋斗的《语丝》。我便是喜欢《语丝》的文字时，也只是喜欢那能够做到这几种工作的文字。我无须乎知道《语丝》的发生史，因为那没有多大的关系，虽然我也曾知道些个。便是把发起的动机也算应该知道的吧，则如春台所说的诚然是实有的情形，但此外也还更有别的，而为春台所没有说出的。就说吧，即如《语丝》同人的约定，也没有什么了不起的价值。况且十六人中连文字还有未曾做过的，又少数则虽也做而却是很少，则此约定几等虚设。如说这竟是《语丝》的特性，也是《语丝》同他种刊物不同之处，则更是可笑的话。一则他种刊物虽不必有此约定，但实际到这种约定决不是没有，则此非《语丝》之特性，而又非《语丝》与他种刊物不同之处者一也。再则，此种约定，即便向无他种刊物实行过，然而今既由春台说出，他种刊物也未尝不可以效法一下，则这便也成为《语丝》了，否则，此种约定非《语丝》之特性，而又非《语丝》与他种刊物不同之处者二也。即便他种刊物既未曾实行过这种约定，而且也不能效法，然而我们可以不知道《语丝》的这种约定而仍喜欢《语丝》，且不妨比较地真能明白《语丝》，则此种约定之非《语丝》特性，而又非《语丝》与他种刊物不同之处者三也。但这些，真无关重要，大可以不必多说。

我是少少评论过一点《语丝》的，我评论《语丝》。老实说，便是评论《语丝》，却不管什么同人，更无论乎约定。疑惑怕犯了什么抽象的眼光，所以拿这一段议论来作佐证。

再说，今天刚读了《语丝》第九十八期岂明的“钢枪趣味”，则所谓静默一点者，怕也并不“似乎”吧！而所谓养力者，或者倒似乎是做不出文字的“同人”自饰之辞呢！

30，9，1926。在上海滩。

书的销路与读书

据几家书店供说，《性史》是最好卖的书，吴稚晖鲁迅的著作是次好卖的书，《情书一束》也是好卖的书，《落叶》，《飞絮》也好卖。从这里也可以知道读书界的一点什么消息。

如其新开的一家书店而不卖关于性的书，则它便怕要关门。如其中国有一个性学大家忽然跳出，则他才真的是思想界的权威，领袖群众的英雄。

通俗的书，据说也是好卖的书之一。但所谓通俗者，并不是如《相对论浅释》那样意思，而是别无什么而只迎合普通读者心理的书。此说我不大相信，而且也很难做到。一元以上的书听说大抵不好卖，所以有的书店便不高兴印行。

但在这种乌烟瘴气的出版界，而不写性欲的小说与头绪太乱的论著，在好卖的书中竟能够屈居第二，真不能不说是难得了！

所谓头绪太乱者，有一个故事在着。去年春天我在北京遇见一个医生，思想很新，谈话很有条理，见闻也算很广。我同他会过三四次，每次总要畅谈好久，因为日常真不容易遇到一个能够谈话的人。这自然是说关于事实的一些辨论式的谈话，若说寻常谈天，则能够“谈许多天”的人多得很呢。所谈过的题材都还谈得来，偏有一件事我很纳罕，他不懂吴稚晖的文字。关于文字的，他只能谈到陈独秀为止。他说，他觉得吴稚晖的文字总是头绪太乱，不知道他说的究竟是些什么。他说但据懂得的人说，吴稚晖的文字是极有条理的，只是思想不到的人不能看得出。他说，他想慢慢看去。一年半没有见面，不知道他现在看得如何？

吴稚晖在《新世纪》上发表的文字，现在看起来还很新。可知中国思想界太没有进步。人们喜欢看他的文字，也还是近一两年的事，近一两年来也有他的论著出版。但不知这些读者中有几个不觉得头绪太乱的？不能读书，不是一个简单读书问题呵！

听说出版合作社又要有一本吴稚晖的续集快出版了。

未名社的翻译，广告及其他

未名社的翻译对于中国的时代是有重大的意义的，与时流的翻译决不一样。但这宁可以说不在于厨川白村的灰色的勇敢，也不妨说不在于陀斯妥夫斯基与安特来夫的深的同情与绝望，而是在于那两本在世界的时代也是卓然有立的《苏俄文艺论战》与《十二个》。我不以为这两本书发展到它们所必需的尽致，我反以为它们有太多的缺点，然而在那所有旧的出版物中，它们确乎是新的，不止在中国，而且在俄国，而且在世界。欧洲十九二十世纪间的文化在俄国是达到了顶点，占在那个顶点上的人才能看见全世界。这两本书是有全世界在里边装着的出版物。中国人也许还很少能读它们的。比较多的还是喜欢厨川白村。厨川白村的书本来当作文学入门读，也不是没有益处的。但偶尔看见有读了厨川白村的书便以为已探得文学的秘奥，假作威福以批评一切者，大路还在前面，请他再费心一趟吧。

从前听一个日本朋友说，厨川的书在日本只有女学生们喜欢看，不知道是不是实情。据我推想是颇有道理的，但日本的女学生还是高明一些才够得上，中国的女子吗，则在可看见的地方看来还没有几个人能懂得厨川。

从《北新周刊》得到消息，有人曾在《艺专周刊》高呼过："文化运动当注意艺术运动。艺术家当注重科学的修养。"第二句虽然不免有毛病，然而大致的主张，我以为是对的。能够实现了这种主张，便能够实现了新的艺术。不料竟被"论艺术运动"的论著用一些"浅薄的"理由轻轻地驳倒了。我的见闻很陋，一向还没有看见过这个《艺专周刊》，已经寄信找去了，有话时改日再说吧。

现在还想说几句的只是，那位驳论者在文中说："很应当推崇了罢，对于那些高呼科学与艺术的人们。诚然是很热闹了，美国呀，法国呀，诚然是很热闹了。然而很可惜，这样的结果，无非产生出更无聊更浅薄的科学家，艺术家罢了。"这一段文字没有说出理由，而却武断将来，实在是不应该的事，而论者又正是征引厨川白村的议论的人呢！

再说，《苏俄文艺论战》，则连征引的人还没有看见过。

当感到没有书可看的时侯，便拿起未名社出版物后面的广告来翻翻。普通的批评看去像广告，这里的广告却像是批评。中国书店的老板同他的雇员们除了摆小资本家同大编辑的臭架子外，架子底下是什么也没有连广告都做不来，我真不免替他们担心，怎么好呢！但在别一方面，则这种情境也大有可乐观者在，即著作家不能不出其馀技来做广告，而广告且将别开一生面是也。

我常觉得中国有两种特色。一是路狭，所以容易冲突，容易碰倒，也容易走极端，止愁没有勇敢的人，有时是一定会走到急进的路上的。一是事多，所以几个负责任的人便不得不什么都去干，虽然容易遗误大事，但小事却会落得般般都好。这是未来的事，我们瞧着吧！

一两年的出版物上很流行封面画同插画，可惜好的很少。我们担心这一些画家怕都是应时而生的，那便不是好消息，如其是真正画家也来画封面，那自然是好的了。我们祷祝真正的画家努力而且产生吧，且不用批评封面画的好坏。

许久许久以来，人们都只注意大事，而不注意小事。都只注意治国平天下，注意打倒帝国主义，而不注意学农学圃，搬运机器，所以都闹得一塌胡涂。换一个样式吧！丢开那些大的，来从事一些小的吧！真正的，伟大的文化将会从这里抬起头来呢！

23，9，1926。

关 于 性

目前关于性一方面好说话的人，大概要数张竞生，章锡琛，周建人了。张竞生是最飞黄腾达的一个，而性的知识也最浅薄。章锡琛便诚恳一些了，可惜还很好名，常以权威者自居，如能再诚恳一些时，则实际上也还会再好一些。最近科学的还是周建人的文字，他可以给人一些关于性的科学的常识，这在目前是很难得到的。

张竞生最欢喜的，而且也是最受人欢迎的，除关于性的夸张的述说外，便是节外生枝，又谈哲学，又谈社会学，又谈艺术，又借用了这些来谈性。实则哲学从来便是说谎，何况并不高明的哲学。社会学也是根本没有那么回事，连本身的地位都占不住，又何能用以帮忙别的科学。艺术呢，不是从事艺术工作的人很难明白它是什么东西，更不能够把不明白的东西来引申到别处去。

张竞生所最得意的“艺术的”，“艺术的”那一个用语，我们实在不知道那是什么意义。我们知道“艺术的”是没有像他那样用法的。做学问，总要自己有一些把握才好去宣说，即使办不到这一步，那也要说什么便严守着本题。张竞生如想谈及艺术时，最好对于近代的艺术再下一番工夫，否则，不但于性是无助，而且连艺术也拉下水里去了。

旧事重提

去年的出版界是有过一次运动的，大致由对外而转为对内，由反章而转为反现代评论社，对内与对外，是号称全国一致的，然而在我们好谈思想的看起来，却是反章，尤其是反现代评论社的意义深且远。这不但是被压迫者反压迫者的运动，而是同情于被压迫者者反同情于压迫者者的运动，是士人中的不阔气的士人反阔气的士人的运动，是艺术与思想反士宦的运动，是真实反虚伪的运动，是人反非人的运动。

最可叹的，是那时有一些执笔者也以为那只是几个人的意思之争，这真是奴隶式的观察与奴隶式的批评呵！当他们看见这一方面人比较多，有名的人以外又有一些无名的人时，他们便说是某某的党徒帮忙某某，这真是奴隶式的观察与奴隶式的批评呵！人们不明白自己的眼睛是黑暗的，而以为天下事都是黑暗的，这真是奴隶式的观察与奴隶式的批评呵！

我也在那时才看见到中国觉悟的，勇敢的女子，那至少也是在我的过去是一个最好的时代。

我乐观未来，我现在无所见。我追念那一个时代。

2，24 夜，9，1926，在上海滩。

给鲁迅先生

鲁迅先生：

昔日曾使你惊喜过的《狂飙》周刊，今已借尸而还魂了，这对于你，想来仍然是一个好的消息。回忆当时情况，“普天下”能赏识《狂飙》者，只有你，郁达夫先生，日本友人伊东干夫，与开封的欲擒而已。达夫外恭而内倨，仅一次往来，遂成路人。你呢，我们思想上找差异本来很甚，但关系毕竟是好的，《莽原》便是这样好的精神而表现。今者周刊复活，伊东干夫不知漂流何处，才特异而年特少之可爱的欲擒乃不幸已永别人间，想找当时旧友一话此中之快痛者，乃只剩先生一人而已！不幸此执笔之初乃有一事不得不先同你谈谈，这诚然是一件不幸的事呵！我诅咒这样事实发生的那一个日子！

接培良来信，说他同韦素园先生大起冲突，原因是为韦先生退还高歌的“剃刀”，又压下他的“冬天”。“冬天”一剧，培良曾以友谊的关系帮助《新女性》稿件而被拒，现在又给韦闹，因此而感想及于“冬天”的命运之可笑，言下愤怒而凄苦。但此系私事，无须多说。所欲言者，则以此事证之，现在编辑《莽原》者，且甚至执行编辑之权威者，为韦素园先生也。素园曾以权威献人，今则用以自献；然权威或可施之于他人，要不应施之于同伴也。忆月前在上海相遇，我曾以《莽原》编辑为问，你说丛芜生病，霁野回家，目前大概由素园维持，将来则属之霁野。霁野眼明中正，公私双关，总算一个最合适的人物。现在暑假已过，不知霁野何以没有回京。如已回京，又何以仍由素园编辑。如已由霁野编辑，培良又何以同素园相闹。我真有点不明真相。不过既已闹出事来，免不得要累及霁野。忆去年《莽原》改组议初起的时候，你曾要我编辑，我当时畏难而退。虽经你解释，然我终于不敢担任，盖不特无以应付外界，亦无以应付自己。不特无以应付素园诸君，亦无以应付日夕过从之好友钟吾。党同伐异，我认为是客观的真理，然我不愿拿它做主观的态度。然而这个，在当时是行不下去的。若再说到何者为同，何者为异，亦漫无定论。以朋友关系说，钟吾为同，素园为异，以刊物说，《莽原》为同，其他刊物为异。然则即以党同伐异为是，编辑《莽原》，也不能于《莽原》内部而有所党伐也。后来半月刊出现，发行归之霁野，编辑仍由你自任。然从半月刊的形迹之间，几无处不显示有入主出奴之分，此则我不能不为霁野不直者。然而还可以诿之于客观的真理，所以我始终未提出异议。今则态度显然，公然以“退还”加诸我等矣！刀搁头上矣！到了这时，我还能不出来一理论吗？

《莽原》本来是由你提议，由我们十几个人担任稿件的一个刊物，并无所谓团体，形式上的聚会，只有你，衣萍，有麟，培良及我五人的一次吃酒。它的发生，与《狂飙》周刊的停刊显有关连，或者还可以说是主要的原因。撰稿的人，也是由我们几个人“举尔所知”。以后培良南去，衣萍又不大做文，《莽原》内部事，当其冲者遂只剩我们三人。无论有何私事，无论大风泞雨，我没有一个礼拜不赶编辑前一日送稿子去。我曾以生命赴《莽原》矣！尔时所谓安徽帮者则如何者！乃一经发行，几欲据为私有，兔死狗烹，现在到时候了！言之痛心，想来这也不是你办《莽原》的本意吧！我对于《莽原》想说的话甚多，一向搁于情势，未能说出，现在一时也无从提起，究竟有没有说的必要，待几天再看。你如愿意说话时，我也想听一听你的意见。

新生的《狂飙》周刊已由书局直接寄你，阅后感想如何？这次发刊，我们决意想群策群力开创一新的时代。但只是冒险，实无把握，成绩如何，俟之他日。或者中途死灭，亦意中事。但如能得到你的助力时，我们竭诚地欢喜。

《彷徨》，我曾写了一点的短感想，培良想批评《孤独者》，我或者也批评一点《伤逝》，此中消息不足为外人道也！

10，10，1926，长虹。

给韦素园先生

素园先生：

自去年《民报》停刊，先生某日清晨给我送稿费，且多送一元，使我感激至今者后，已像一向没有见面了。乃不料昨日接培良来信所述关于先生的一事，乃令我大不满意，与君初次通信，乃以这种形式出之，殊非意计所及者！然而公事言公，奈之何者！事为先生所知，且以详给鲁迅先生信中，请参阅。数期以来，我已接不到《莽原》，已深滋疑虑。今欲问先生者，则此事究为先生个人所独断，抑是霁野，丛芜，静农所大家同意的？次请先生或先生等把对于我等的真实态度在《莽原》上郑重宣布。三请先生或先生等认清这几件事的性质，则《未名丛刊》是一事，《未名丛刊》经售处又是一事。《莽原》又是一事，《莽原》编辑又是一事，《未名丛刊》

经售处发行《莽原》又是一事。四请先生或先生等谅解，我同《莽原》的关系人所共知，所以我对于《莽原》有过问的责任。如先生或先生等想迳将《莽原》据为私有，只须公开地声明理由，或无理由而迳声明偏私的意见，解除我等对于《莽原》之责任，则至少在我个人，对《莽原》仍同从前对民副的态度，为中国出版界多一种较好的刊物计，其他一切都可牺牲。否则，对外对内，我们不能吃这双料的暗亏！《莽原》须不是你家的！林冲对王伦说过："你也无大量大材，做不得山寨之主！"谨先为先生或先生等诵之。

10，10，1926，长虹。

评《情书一束》

这本风行一时的书，我总算看过一次了。从前《弦上》的一句评曾说过这书的坏处。近来我在上海遇到由北京来的两个朋友，也都不满意这一本书。但在我没有看之前，我想，衣萍的作品还不至于很坏吧。终于看过了，我于是不得不说这才是一本很坏的书，但这里的坏不含有道德的意味。

所谓人类的生活者，不过是食色而已！战争，科学与艺术，也不外乎是食色的。生活本来如此，无所谓高尚，也无所谓卑劣。然而生活也是随时代而丰富的，并不是任何样式的生活都永久是好的。中国人的生活向来是很简单的，这不但是生活的不进步，把这影响到古代的几本有名的小说里，使它们没有成功了好的艺术品。单纯地记录色的动作固然无味，单纯地记录食的动作也同样是多馀，这缺点在《红楼梦》一书所显现的也便不只数处了吧。因此，《红楼梦》算不了一本好的艺术作品。这缺点不幸还遗留在现在的中国人的心中，这是艺术的最大的阻碍。

在目前的作者中，衣萍与达夫总不失为两个较为大胆的吧！然而这大胆是浅薄的，而且后者也有些固定了。所以经济的不平，达夫曰："偷!"性的觉醒，衣萍曰："摸!"我们从这两个作者那里，只看见一个偷偷摸摸的世界！有时候，这两个作者还能够给我们一点清新，过此而外，则什么都没有了！

可惜在这本《情书一束》里，清新太少，而陈腐太多了，尤其是到了下卷。我想这一点，在作者是不难自己意识到的，这书有取悦于朋友，取悦于读者的心理在内。在事实上，这书与《性史》都是销路极好的书，然而这无论在作者，在读者，在中国，都不是荣誉的事。这书的销路比《性史》当然又不如远甚，所以也比《性史》好得多，这是什么样式的逻辑呵！

如其这是一本杂感时，在上卷可以找到一些纯真的说话，这便是所谓清新吧。如以尼采所说"血的文学"

自谓，则尼采是不会高兴的。对于什么文学史，当的更没有多大的关系了。在我看来，还是在吃得胖些以外，去看亲爱的人的脸，以至从胖脸外去看亲爱的人，从人外去看亲爱，对于作者是较有意义的事吧。

8，10，1926。

没有几种好的定期刊物

近来新出的定期刊物，可注意的只有《沉钟》一种。本来大家都还在开始走路，而且又刚出了四期，所以一时无从批评起。但是，这里有一个新的开始，却是可以看见的，我爱看《沉钟》甚于《莽原》。

好的定期刊物并不多，屈指数来，也不过是，《沉钟》，《莽原》，《语丝》——再没有看见什么了。其他刊物，则从一种中找一个好的作者，或从一期中找一篇好的文字，便很难。这还是说关于文学的，至于科学的，实际生活的，乃至通俗的，都连一种好的刊物也看不见。科学呢，本来一时是不会发现的，无须多说。实际生活的，也很难办，没有科学或艺术思想的人大抵不容易明白实际生活。所以谈政治的不懂政治，谈教育的不懂教育，谈经济的不懂经济。通俗的，也有同样的理由。

目前的各种定期刊物实在有些太相像，那怕是处在敌对地位的。材料都异常枯窘。能够勉强维持着出版便算，谈不到发展。中国出版界的穷不亚于经济界，而人们都像很得意，虚伪！有钱买稿子的也不想发展，真是怪事！志在宣传的也不努力宣传，真是怪事！这大概是“事实”在作怪。

忠告《一般》的记者

《一般》第二期寄赠及交换栏中说，《荆棘》的作者似在模仿鲁迅。这真是从那里说起的！这不但是作者想不到的事，而且也是鲁迅想不到的事。说这话的人如其知道“模仿”在艺术上的意义是什么，不应该这样妄语！如其不知道，更不应该这样妄语！至少，我不希望再在《一般》上看见这样妄语。为避免误会计，我少说几句话，而且也十分和平了。

我们自然喜欢而且感谢有人介绍我们的出版物，但介绍要止于介绍。我们不求过量之誉，也不受非分之讥。

9，10，1926。

虚伪非作品，真实且说话

人们虽然把艺术看得不当一回事，以为像散步，逛游艺场似的，只是消遣之一法，所以摇笔为文，立成作家，当事人以为如此，傍观者也以为如此。然而作家诚然产生了不少，而作家之下才是没有作品的。犹之乎农田里的“吓兔人子”，仅可以吓得了兔子，究竟不是人，当然更无须待生物学家的研究。我并不是不喜欢人们说话，并不是不喜欢人们写文章。但是，说的是什么话，便应该叫做什么话，写文章也是如此，如本来离艺术很远，而偏要自以为是艺术，在本人则为不诚恳，在艺术则为伪造，无一是处。做一个普通人还须得诚恳，而况高谈艺术呢？所以如其还没有艺术修养的人，对于艺术也没有抱献身殉难的决心的人，尽可以无须乎高攀艺术。并不是怕做出幼稚的作品，而是，这样是不能够做出作品的。在目前的中国呢，幼稚的作品已是好的作品了。是应该称赞的。而且有幼稚，便有盛壮的希望，如其不至于早朽时。

人是可以说话的，但是说话要还它说话，而不必谬称为唱歌。能够说真实的话，已经很难，真实的话也自有它的价值在。虚伪的作品则只有丑恶。人能够真实地写一封信，写一点日记，记一段梦，起一些感想，发一些不平，放在现在的出版物中已经是难能可贵的了。而且从这里也可以通到艺术的，只要愿意而且有能力走去。反之，由虚伪的作品是不能直达艺术的，如其要去，那还得折回来从头另起。我厌恶那些虚伪的作品，如其我有时间时，我愿意一一摘发出它们的丑态来。反之，我喜欢听同时代的人的真实的说话。可是这一类说话现在也流行起来了，如小品，杂感，甚而至于散文诗，都逐渐流行起来了，所以也便有虚伪的说话杂在里边了。什么东西一到流行的时候，便常会有假的，不但书可以偷印，而且文还可以拟作呢！所以我在这里不用什么小品杂感之名，而只漫称之曰真实的说话，使人们无从伪造起。

从校对说到女作者

一九二五的春天，我同培良校对了那个有过十七期生命的老《狂飙》周刊从印刷局出来，在北京狂飙中走着，谈论着当年的中国新文艺。记不得是谁的话了——“冰心女士如到印刷局校对一次她的诗集，她也许不愿出版它了。”其实不但是女作者，人们大抵因为没有看见过生活，所以做着温暖的，高尚的梦。

因为看不见生活，而只做着自己的梦，所以女作者中一二个最优秀的，都没有同时代发生了关系，都没有成功了作品。现在都似乎入于沉默的状态了。将来如何，是不便于武断的。但是作者个人如没有超个人的生活时，则总不能有时代的产物出来，却是不可移动的事实。

离开了母亲，离开了丈夫，离开了普通女子生活的形态；离开了依赖，猜疑或绝望，以战士的人的资格而出现于无界的大人海中的，将来是我们所能看见的女作者吧！时代在需要她，时代也在铸造她呢！我们如其想看出这样征候时，我们不能从现有的女作者的作品中，而须从日常的生活，而须从女子的说话中。因为这个缘故，我去年喜欢看《莽原》周刊上景宋的杂感，现在又喜欢看吕沄沁的《漫云》中写给亡友的信。《漫云》中的小说同诗，我不喜欢看，尤其是诗。诗的后面有周作人的一段附识，我不知道为什么印在那里。说到太清白，我也觉得中国诗是这样，连古来的兴也是这样，连《离骚》也是这样。而且我觉得中国的散文也是这样，都太清白。而且，我看了写实派，便觉得罗曼派太清白。看了象征派，便觉得写实派太清白。看了表现派，便觉得象征派太清白。但是，我现在不想多谈艺术。

离开了悲哀，离开了过去，而且虽是绝灭吧，也得离开了母亲，敢作敢为，跳在大的人生战场里，唱一曲战歌吧！我们在希望着这样的女作者。

9，28，1926。

《向导》与《醒狮》

对于中国政治有明了而一致的主张的，目前要算《向导》和《醒狮》两个周刊了。这固然不是专门营业的那些定期刊物所可比肩，而且连学者们吞吞吐吐的《现代评论》之类也不可同日而语呢。然而政治本是一团糟，欲求主张明了而一致，《向导》便标之以共产，《醒狮》便榜之以国家。然而国家在何处，《醒狮》却一向也没有说过。经济又怎样，《向导》也不大提起来。所以我们看这两个刊物的人，便看不见国家与经济的科学的说明。而只看见标榜之外的政治的宣传。我们疑惑是在看某派的新闻纸。

主义是什么，我们本来无须管它了。人活在自然中，而人又同是自然，一切的一切，只求之于科学的说明好了。但我们也并不是不愿意退一步，我们也愿意在主义之下看见科学的根据。否则，主义是上帝，是愚人的说谎。一切只可说明，而宣传无用。但我们也并不是不愿意退一步，我们愿意在宣传之下看见说明。否则，宣传吗，骗人而已！

不幸我们在这两种刊物上看见命令太多了，而科学则太少。这不但使我们无从相信他们的主张是对的，而且使我们不明白什么是他们的主张。宣传徒使我们胡涂，这是何等拙劣的宣传呵！

我们看不见比这俩较好的刊物了（当然是关于政治的）然而我们仍然不释然。“去掉那些你应该，而代之以什么是怎样”，让我们知道是之所以为是，或非之所以为非好吗？

读《马丹波娃利》

波娃利老娘遂道："你可知道怎样医治你的妇人么？这或者须那操心的事，须那作手工的事罢！如果她也同别的人一样被迫着去谋她的面包，她便不会有这种忧郁，因为这种忧郁都是从填满她脑中的一堆思想上来的，是从她无所事事的生活上来的。"

罗曼派的作品，在自然派的作者看来，是胡思乱想的结果，从无所事事的生活上来的。虽然也有例外，但大体总是对的，所以自然派便注意人生的实录了。然而自然派的作品，于人生也并不见得如何切近，比较地我们还是喜欢看俄国的写实派物。在技巧上呢，自然派是很精妙的了，然而我们总觉得那是一本书，那里的人生也只是陈列书本上的。所谓人生实录者，便是把这人生陈列在书本上的意义吧，这种工作其实也只有无所事事的人们才能去做的。

法国的艺术在艺术上是比较站在后面的了，所以让俄国的艺术站了世界的第一位置。俄国的艺术家不能够假装傍观者去对生活，他们反是从生活中汲取艺术。把这种意义体现得越多的，也便越成功伟大的艺术，这便是我们喜欢 Dostoivesky，Gorky 的缘故。

我们拿现代的眼睛去看自然派，自然是很旧的了，但是我们不但以为他们的作品是旧的，根本的是他们作者的态度。我们知道生活是不平静的，我们被扰乱在这种不平静中，所以我们不以为在平静中过着偷懒的生活的人能够做出生活的艺术来。在技巧上，那些欧洲人是不难给我们一些帮助的，但在艺术上我们最显著地看到的倒还是他们的缺点。而且这里所说的是，德国，法国，意大利，至于英国同美国，则在经济的，科学的之外，我们也再看不见什么。

Flaubert 是第一个建设自然主义的人。他反抗无所事事的胡思乱想，然而他也只建筑起无所事事的精心结撰。他的天才即忍耐论虽然较正确了，不幸他的忍耐却用于技巧者太多，而用于生活者太少了，Flaubert 虽然是很冷静的吧，然而悲观厌世的思想毕竟掩藏不住，毕竟还是一个忧郁的人，这也还是像波娃利老娘所说的，不曾被迫着去谋面包的缘故吧。欧洲的艺术家犯忧郁病的很多，俄国的也在内，我们可以知道旧艺术之何以旧，而中国的新的艺术将要从何处出发的了。

不去求平静的生活与求不到平静的生活，对于中国的从事艺术工作的人将会是最大的幸运呢！

略谈《广州文学》

没有艺术的实际运动是浅薄的，名不符实的，中国目前的实际运动便是如此。北伐军在湖北，江西的胜负如何，委实不是一件大事情，我只想看一看广州的出版物，尤其是文学的。但这是很困难的一件事，不知道广州本来便没有什么，还是有而到不了外边，总之是不大看得见。

近来才看到了第七八期的《广州文学》，很想找一点什么，却终于找不到。无已，还是《红薇小歌》是较有意义的诗吧。这上头的小说都是无头无尾的，但也可以看出是记事体来。记事体在目前的小说界算是很风行的了，从《创造周报》到《洪水》半月刊到什么，这一类作品很多。而且也有几家已经自命成了家的，但家上却嵌艺术不得。这怕是走上绝路了吧，老实一点的人不妨回头另走试试看，否则只能成功自家的家。

在罗西的文字中倒常遇到颇有意义的句子，但一放在记事体中，也便变得无意义了。《洪水》在南方算是狠流行的，这是地图上的洪水，纸做的。看不到较好的出版物的，免不了受它的影响，那很糟糕。罗西比《洪水》上的那些作家要好一些了，但大体仍不出《洪水》类。

我希望将来看得见较好的《广州文学》。

学点主观吧

那天我曾提起过《现代评论》端六的客观，今天看见《醒狮》上也举出事实的反证了。现代评论社诸君子，同你们谈客观是白费事，但至少总应该学点主观的！这一次北伐又未必便能成功的！

3，10，1926。

关于《闪光》的黑暗与光明

去年夏天在《莽原》做文字时，我本想多做些文艺的，但时代同舆论却要我多做论文或批评，我服从了。但有时也想写诗，却不能写长，这有成了《闪光》的来历。《闪光》，最先是在公园里写的，以后有在北河沿写的，也有在市场写的，不一。先是想在《莽原》上发表的，编者以其简短，易于去取，置之报尾，不料第一次便被挤去了。我觉得先兆不好，便转送京副，一共发表了一百段。不料京副的记者只给了我八元稿费。所以一首诗等于八分钱，以后写的便不发表，也不大高兴写了。

《闪光》本来是预备收在《心的探险》里的，《心的探险》本来打算去年暑假中出版，不料至时书局同我作了对。无法，凑了几个臭钱，便自己单行出版了。倒还很快，印刷期间大概只有半个月吧。然因此也颇惹起我的一些遗憾来。倒还没有看见人骂过这本书。但今年却听说有人骂过的，是孙伏园没有发表，但又说不是大骂。现在也不管这些。

《闪光》的单行本，已不大看见了。这次我又把他收入《光与热》，不料也连累得《光与热》都运气坏。《光与热》是我四月间带到上海来的。直至八月间才付印，现在还没有排到三分之一，不知道何时才得出版呢！

但是关于《闪光》的也不是没有好消息。一是半明半暗的，即一个上海的女作者因爱《闪光》也写了那样些东西，寄给北京的一个朋友要发表，却被那个朋友压起了。一是完全光明的，即别一个女子看了《闪光》，给了作者一个丰富的赠礼，便让我抄在下面吧：——

读《闪光》，

是红色宝石之光，

灿然闪耀于暗漆黑的环宇。

质料的构成——

是点点滴滴的血所呕吐。

其光：

　　如宝星之放射；

若海灯之照远。

崎岖的道途，

起伏的礁石；

将赖光的资助，

洞烛而前进无疑。

愿呵！

这血所构成的红色宝光，

永远照耀着，

没使有片土的黑暗；

而闪的光终竟变作长明之灯呵！

我从那里再获得这样一个丰富的赠礼呵！

《莫泊三的诗》与《欧儿拉》

海音书局出版的书，我只看过三种，因为只有这三种想买来一看。《漫云》，我已经说过几句话了，只寥寥十几封给亡友的信，已给女作者中开一新局面了。我以为《漫云》的作者再大胆些，再沉着些做下去。是目前所看到的惟一有希望的女作者。张秀中君这两本翻译，我觉得译文并不好，但人们都在翻译莫泊三的小玩意，而张君独来翻译这两本未见得好卖的书，却是难得得很。只在这一点上，我已愿向译者表示敬意了！

13，10，1926。

关于郭任远及其著作

阅双十节《申报》增刊，见郭任远说，他想以后多做些通俗的科学的文字。这至少，在我是一个喜欢听到的消息。我在书上所看见过的，我只认郭君是一个有希望的科学家。其馀的人们，则大抵架子摆得十足，却是不像。光就摆架子这一点说，便决不是科学家所屑于玩的把戏。郭君的《人类的行为》，无论如何，是中国科学史上的第一部著作。我时常可惜他为什么不著出下卷来。后来又听说他做了校长，又听说学校闹风潮，又听说他大有舍弃科学工作的倾向，因此我越发不高兴他。为这事，我曾公开地说过两次话：一次劝郭君宁可牺牲了校长，不要牺牲科学工作，是在《弦上》发表的；一次叹中国科学从摇篮到坟墓来得太快，是在《北新周刊》发表的。现在我又要第三次来多说几句话了，为了科学的缘故。

对于人类的文化最重要的事体是劳动，科学与艺术。连教育都是次要的。证据在历史上不难认得到。况且做校长还谈不到便是办教育。一百个杜威不敌一个涡逊好。一千个蔡孑民不敌一个达尔文好。《人类的行为》下卷的出版，对于中国，对于世界，都是一件极重要的事。做十年校长，便在上海也不过有若无。

从事科学的工作是需要艰苦的，需要寂寞的，需要贫乏的，需要被庸众淡漠视之的，所以难。然而有价值的事，都是从难中而得到易的呢！科学家牺牲目前的个人的宽裕，却成功了几乎可以说是永久的人类的宽裕。

从世俗的眼光看来，从美国回来的留学生曾有过两个卓然有立的，第一次是严复，第二次是胡适，可是我一向没有注意过这两个人。而且回国以后都变得不成样子了！我以为从美国回来的留学生卓然有立的，只有一个郭任远君。然而《人类的行为》上卷也一样是在美国做的，回国后也一样没有做出下卷来。我以为这是中国的环境太坏。我时常想，人不同中国的环境处在敌对的地位时，则什么都难于成功，因为我看见事实时常是这样。

我几次想到江湾同郭先生谈谈，并借阅一些关于行为的心理学的书报，可是总没有去成。现在我只以一个读书者或一个汎常的中国人的资格这样希望郭君：一，我希望《人类的行为》下卷的出版；二，我希望看见通俗的科学文字；三，我希望这两件事不使我失望。

北新书局的好消息还不是最好消息

北新书局在广告上报告给我们一个好消息。说《浅草丛书》已有六种编好了。我并不是帮北新说话，这是一个真的好消息。但是，这还不算一个最好的消息，而且也只是报告浅草社的好消息，还说不到是北新书局的好消息，不瞒大家说，在目前这个倒霉的中国，呵，倒是编书容易出书难，出坏书或者还容易，可是出好书真难。要北新掌柜帮我们争一口人气吧！我们希望的好消息是报告他们自己的，是：——

报告一个好消息

浅草社的

《浅草丛书》

已编好的六种

已由本局出版了！！！

为投稿《狂飙》者略进数言

本刊没有出版之前，已接到外间投稿两份。一是剧本，据说是应征而来的，因本刊并未征求稿件，所以物还原主。一是诗，不能用。听说普通的刊物投稿的很多，看也无从看起，虽然未可尽信。但我实在没有那么多的工夫，所以不得不先事御防。而且大家都可以免掉许多麻烦。

一，关于科学和艺术的投稿，我们是非常欢迎的，但我们知道能使我们欢迎的很少，所以为避免麻烦计，我们声明：这两项投稿，我们概不收受。识者当然会知道我们的微意。

二，本刊接受投稿的，只有“有话大家说”一栏，但必须“言出真实，事无捏造”。望投稿专家们不要来碰钉子，自讨无趣。本栏意在唤起青年的自觉，发抒实感，明辨环境，以期造成一新的舆论的雏形。无名利可求，无风头可出，望来稿诸君要诚恳一些。否则——也无用！说话的范围是没有限制的，由穷乡僻壤的经济，教育至通都大邑的生活香色，由少女微妙的心灵至学士虚伪的门面，由野蛮的歌曲至文明的喟叹，由……至……，……换句话说，这便是“大家的《语丝》”。

13，10，1926。

题《郭沫若文艺论集》

我也曾在墓场里旅行，
我曾看见过一粒小塘，
小冢前立一块小的墓石，
墓石上零落着一些鸟文。

有什么壮士，又有什么神女，
我遥想着这冢中的主人，
这人他活着时荒唐，
而今已死了呵犹在作梦。

我曾发出过一声轻的喟叹，
这喟叹它才失落草间，
遗忘中我已从那里过去了，
东风长随在我的身边。

1926，10，14，鸡鸣时。

舆论不死

西滢的《闲话》在《现代评论》上或者要绝迹了，这不能不说是舆论的力量吧。但这个说起来还不无小小的疑问，所以我现在想说的倒是另一件事。

听说去年《玉君》出版的时候，西滢做了一篇批评预备在《现代评论》上发表，但终于连一个影子也不曾看见，本来杨振声何尝不自命作者，西滢何尝不自命批评家呢？然而作者碰头，批评家却逃之夭夭，则未免太不义气了！

好像今年也还才看见西滢提到过一次《玉君》，那自然是另一件事。

我去年便说过，西滢同我做朋友我也愿做，但朋友自朋友，批评仍自批评。现在事已过去，不知西滢也还有好好的回头见之一日吗？

我之考古谈

据报纸说，蔡孑民也要到厦大考古去了。

西湖有科学研究院者，是由王阳明祠改建而成，听说是蔡孑民，汤尔和所筹办的。此数月前事也。以王阳明祠而改建科学院，虽不如以文华殿改建纺织厂之痛快，然而总是一件很有意义的事体。我居西湖，如居墓中，人则古人，时则古时。至科学院前则色然喜，自知犹未作古，活在现代，且犹有大有可为之事也。然此科学院实设而未开。筹备困难，亦犹可说。今则锁上虽未加封，而门上却确上锁矣。呜呼，科学锁门了！

此我之不明不白的考古谈也。望蔡先生带到厦大去请考古诸子一考其细底如何？

又，顾颉刚之《古史辨》一书，因春台推许备至，吾久欲一读而未能者，则亦一元多钱作怪故也。钱之为害甚大，由钱而至于经济，不知考古家亦曾考过否？

又，我以为研究经济史者，与其研究古代经济，不如研究现代经济。与其求之于书物之考证，不如求之于实地之生活。一部世界史，在或种意义上说，正是平铺在现代的地球上。如研究现代之中国经济，其于农业经济史上必能有若干贡献是也。可惜这事体中国人不做，却让外国人做去。外国人为什么做去？我无妨这样代答曰：以考古也！

此又我之不明不白之考古谈也！不知此中底蕴，亦能促起我国考古家之注意否？

1926，10，14，日出之前

送　全　平

听说全平要走了。我同全平是敌人，是朋友或是路人，连我也分不清。不过，大家都是人，这也许不会弄错的吧！想送全平，则送之而已！

全平即霆声，即呼我为《莽原》的长虹，而又谓我为糊涂者也。但我当时，则只知全平为一思想浅薄之穷青年也。因其浅薄，故无须乎辨，因其穷，故不愿意骂。然此乃吾等之历史的关系也，今无详述之必要矣！

听说全平近已知道长虹非《莽原》所私有，且其并不糊涂矣！然犹谓我的见解为偏见，此我又不得不为全平担心者也。人本无见，何言乎偏？与其偏见，毋宁糊涂，人类本糊涂虫，特自作聪明而已！所谓长虹之偏见，实不过自然的一现象耳。此现象有因而来，亦将有因而去，往者不可谏，来者不可追，与我与全平，其实都无干系也！但有因而去，则将何因而去，让我以属望全平好吗？

呜呼，全平者，一穷青年也！此穷者，此地当时之我所深致其爱敬者也！呜呼，行矣全平！

20，10，1926，在杭州

谨 防 冷 箭

我初到上海的时候，便接到一个不知名的朋友的信，叫我谨防冷箭，我从前还没有到过海国，不知道这里人民的利害。但我是在北国住惯了的，而且我们国里的风俗也是惯放冷箭的，相习既久，不但不以为异或意，而且连自己也无形之间知道了一些放冷箭的法门。所以当我接到这个警报时，老实是虽居虎口，安如泰山，不把它当一回事。但是，也并不敢轻敌，时常也仍留心摸索几种定期刊物，看那里有来的豪客，倒要领教领教。果然不差，便看到有两个定期刊物前后有三五支冷箭，正望着“洒家”射来。无如搔不着痒处，遂用海量包容，置之一笑而且不理。

可是今天的这一当子行货，却委实是忍无可忍，不能不说几句话了。正是欺人欺到头上！而且，杀人可恕，天理难容！再则，谁是同谁是异，我也更加分不清！

说起来话长了！只为狂飙社想出一定期刊物，我曾写信同李小峰商量过，说是到明年再看。是我性急，又写信同孙伏园，李志云商量，也没有弄成。但因我的信上说及我想做一部批评，志云回信说愿将来出版此书，并想在《北新周刊》发表。我当时回信便说可以。这是前两个月的事情。后来我当面同志云又谈及这一类事，志云说，伏园也说过，定期刊物不好办，如出一丛书倒可以。当时我因为开明出的《狂飙丛书》印得很慢，便索性再同北新办一个丛书，当下说定，这便是《狂飙丛书第二》的来历。对于此事，我感谢志云，伏园两兄的好意。

其次，便又说到我担任的《北新周刊》的批评了。因为稿件太少，或者还因为别的缘故吧，志云屡次问我要稿，这是我已经答应了的，而且志云为我出丛书，我也当然愿意帮他的忙。无如我看了《北新周刊》第一期，觉得我的批评放在里边太不合适。再则，所谓我的批评者，即“时代的姿势”一书是也，当时又因为几种缘故不能着手，而且都是长篇，《北新周刊》也怕难于容纳。

然而我是不能不做稿的，于是开始写了一些随感式的批评叫做“提笔卖文篇”者，适遇春台也说了要我做点稿子，我终于便把这个拿去了。隔了几天，此稿还没有发表，我又因不大满意这类文字，便又拿了回来。以后才又把我为《狂飙》季刊写的“走到出版界”数则给了《北新周刊》，自谓总算尽了一些责任了。不料乃所谓冷箭者，竟从此一发而不可收拾矣！我至今还不明白春台之出此，究竟所为何来呢？

所谓冷箭者，究竟是怎么回事呢？待我慢慢讲来。当我的“走到出版界”初次在《北新周刊》第四期发表时，同时有两篇文字，一为黎锦明的“我的批评”，无须细说，一为周刊校对的“我之道德观”，文中说，投稿横写的便是坏人并且拉倒两面写的，铅笔写的等。我已经说过，我的“走到出版界”本来是为《狂飙》季刊做的，所以是横写的，因为帮忙北新稿件，我没有工夫再重抄一次，而且也不知道北新的校对先生制定着这样严密的法律，违犯了时便须挨骂。如其早知道时，则我无论如何也不做稿，何苦自找无趣。再则，校对先生所谓投稿者，也不合事实，因我固非投稿也。而是北新掌柜同编辑要来的稿也。校对先生如真不高兴横写稿件，只应对编辑掌柜提出建议，不能对作者肆其侮辱也。当时《北新周刊》投稿之少，我们都是知道的，北新如想办好，正应欢迎外间投稿。乃外言欢迎而内含拒绝，又是什么态度？校对先生以为投稿者如牛马可以任意驱使的吗？但这是为投稿者代鸣不平，此处无须多说。再则，投稿既然很少，而校对先生竟又拉到两面写，铅笔写之类，这越证明是对我放的冷箭。今日《北新周刊》之校对，即昔日京副之校对，而我昔日在京副投稿——这是真正的投稿，校对因为说昔日的话所以忘怀了今日——时，诚然有两面写的，而"闪光"因为有在室外做的，所以诚然也有铅笔写的。但是，这些都是老早过去的事，我不知道校对何以又拉出来不厌烦地叙说呢？当初"闪光"也曾给过《莽原》编辑鲁迅，然而鲁迅不曾因此而骂我是坏人。我也做过编辑，校对，然而我也不曾因稿件形式上的一点麻烦而骂做稿的人都是坏人。"心的探险"是直排的，然而稿件却也有横排的，也没有因此而听有人骂我是坏人。然则我帮忙为《北新周刊》而做稿，《北新周刊》之校对乃竟对我有如是之大的权威吗？我并不是斤斤焉在这一个好人坏人上分较，那岂不是笑话吗？是说人对人，是不应该用这样难堪的态度的，而且是出乎情理之外的事情。但是，我初看见这个时，还并没有一定想说什么话者，以其无关大体，且我对于劳苦的人们又常抱过分的好感故也。然而也不是没有深滋疑虑，觉着校对一人突然来这一着之必要，日复一日，于是明白，才真有大谬不然者！

我正等候着，看以后如何。于是“走到出版界”又发表在《北新》第五期了，同时也发出《狂飙》的广告半则，而同时便有淑章的《论艺术运动》一文，对于高呼科学艺术运动者肆其无理由之讥笑。这还不算，因为这一期的“走到出版界”中我有说及《语丝》的地方，春台于是又在第六期上发表他的“讲讲《语丝》”，同样不说理由，而只以《语丝》同人的资格，隐约地说我是以抽象的眼光评论《语丝》。我老实说吧，春台的思想实在浅薄，不但没有能力批评我的思想，说了半天驴头不对马嘴的话，委实连自命为其同人之一的《语丝》的思想都说不到中肯处，这是何苦来呢？我为春台计，回头翻出《语丝》第一期《发刊词》细细研究一番，再细细把各期的《语丝》研究一番，然后再来说话还不迟。须知仅只一同人的资格如何可以吓得住评论《语丝》的人？鲁迅的思想且不同于岂明的思想，若夫春台的思想，则我决无评论的必要也！岂能以一同人之资格，便可以据其他同人的思想而有之，而且私有之而不让读者之评论吗？不过这些话我现在倒无须多说，我还是要说一些关于本文的话。

于是便到了第八期，又发表了几则“走到出版界”，而同期中也便又有一篇论什么善著书不善著书的文字。春台何苦这样不坦白！大家都是认识的，不妨当面讲！很有高论伟识非言说可尽者，也不妨明整旗鼓，老老实实说出来，对则使读者共闻之，不对亦使读者共闻之，何苦钻在黑角子里要把戏？即不愿发表我的文字，又何妨明说？

呜呼，所谓冷箭者，乃正此处来！春台者固《语丝》同人，鲁迅亦《语丝》同人而又《莽原》同人也，我亦《莽原》同人也！然则，春台对我，当党同，不当伐异矣！而我所接受者何物？曰：冷箭也！呜呼，即使我主张党同伐异，然谁同于我，谁异于我，我又将从何处去辨认呢？说起来话又长了，他日想写一形势指掌图以详述北京近一年来出版界之真象也！

我们昔日也不满意过伏园编辑京副的办法，而黑暗重重者，又其“伏园敬按”，“记者按”是也。然今日春台之编辑《北新周刊》，乃真“每下愈况”矣！这真不免使我有怀古之感，而竟至欲以读者之资格建议于书局请伏园回来编辑呢！终则，我这里并不是攻击伏园，因事实如何，不得不直说。若我个人对于伏园，虽然有许多不高兴处，然有两事使我不能不始终感谢伏园者：一，前年冬天告我以“鲁迅问长虹何人”；二，今年夏天又告我以“张申甫佩服我的见识”是也。此两事使我减少寂寞之悲外，又足以证明我日常观察之不错，我终感激伏园于无涯，而愿承认伏园终是一“从荆州来的”大方人也！

19，10，1926，在杭州。

回上海后，面见春台田间两君，我亦疑事出误会，深悔冒失。两君生活甚苦，我对之深表同情，且大家都是青年，何必无事相争？我遂想不发表这一段闲话。但又一朋友则以为读者亦不无作如是观者，仍然是发表的好。因将文中较意气的字句抹去，只存事实，仍发表在此，为或然的读者释疑。并请春台田间两君谅解。

28，10，1926 在上海。

1926，北京出版界形势指掌图

我今应时代的需要来作此图，以述明北京出版界的实情。我想作此图，本于去年暑假中居北京时，即我对北京出版有较正确之了解时。初来也同一两个朋友略示此意，不料图尚未作，我个人之形势突然变异，直到现在，我还没有明白究竟。但我敢在这里特别声明的，即我为一游离者，中产阶级的利益我既不屑顾，无产阶级的战线我又未能至，故对于世人实不愿，也无其必要而行任何样式之斗争。我所说的话，其实只是看见什么便不愿意私有，以为说明真象，对于同时代的人们都不无用处。至于世间也不是没有人喜欢秘密，厌恶公开，然此只个人好恶不同，他喜欢秘密便秘密他的，我喜欢公开便公开我的，各行其是，本无抵触，闲言太多，画归正图。

这里所谓出版界者，此出版界一词，我在“走到出版界”中已屡用之。现在我也趁此加以一些说明。要知我们普通虽然也说什么文坛，什么思想界，实则仔细一考较时，才都是妄言妄听，并没有那么一回事。我现在问你：“文坛建立何处?”思想界在三界的那一层？则你必瞠目不能对答。因为这本来都是些错误的说法。即如你说文坛，实则说的只是这本诗集呀，那本小说呀，又一本杂感呀之类，你说思想界，其实也只说的几本书，或几种定期刊物，此外便什么没有。你说某人的思想如何，你并不看见他的思想，他也不能拿出他的思想给你看，这其间所说的只是书报，即出版物是也。出版物是什么？便是，有人写出，有人印出，有人去看。我今便混名此写，此印，此看，而称之以出版界。所以出版界的范围是很大的。

我何以此图单述北京的出版界呢？一，因为北京出版界比较发达，界限也比较显明。我们不妨大致这样说：广东重实行，上海多工厂，北京多言论。广东的出版物，我们常看不见什么。上海出版物虽然不少，然除商务派与非商务派外，我们看不见其他的色彩。北京则不但有专致于思想的工作者，即章士钊做一总长，也要来办一刊物，发挥他个人的主张，我是在别处所看不到的。二，本来都住在中国，北京并不是中国境外的一块地方，所以北京出版界的形势中也有中国出版界形势的缩影潜伏在里边，说北京则大致可知道全国。三，我个人对于北京出版界的状况知道得比较多些，而且是自己曾经参加过的，关系较亲，则言之较确。四，读者对于北京出版界的注意较多，而隔膜亦较多，所以有早于说明的必要。

在三年以前，我对于出版界的情形是什么也不知道。我当时曾听人说过，鲁迅即周建人的别字，我便信以为真。亦如在今年暑假以前，培良尚以为章锡琛是一女士。那时狂飙社虽已成立，然潜声默影，初无表示。我个人为生活所苦，日惟解决出国问题，他无所顾。沐鸿尔时已有诗稿不少，我亟称之，而彼不信。要我就正于北京负时望之作者。我虽允许，然机缘既少，我又自信多而信人者少，所以终未成为事实。后来，不用说是些什么原因了吧，我们在 1924，9，1，办起一个小小的《狂飙》月刊，虽只出了三期，然因此我们在出版界终于便成为“闯入者”了。

便在这一年的冬天，我又因为出国问题，认识了晨副编辑孙伏园，也便送了他两份《狂飙》月刊。后来见了他时，他说他给周作人看了，但没有说什么。但我却得到郁达夫的两信。我早已便想国中的文艺界虽然分做文学研究会，创造社两派——那时我以为鲁迅，周作人都是文学研究会会员，后来才知道不是的——但我们的刊物，两派大概是都会赞赏的。这时却又疑惑未必：一面我又觉得郁达夫倒很率真。还是说归我的出国问题，伏园倒很好，说每年帮我二三百元的旅费是可以的，我给他留了一篇“离魂曲”，一面便想动手做“幻想与做梦”。不料，大概不到一月的光景吧，《离魂曲》还没有发表，《幻想与做梦》所以也还没有写，晨副却发生问题，伏园辞职了。这个问题，便是因为鲁迅的“我的失恋”而发生的。这个事件也影响到我：我的出国计划失败了！

于是，便到了双十节。北京政局起了剧变：即冯玉祥班师是也。应运而来的，一个老朋友所办的被曹政府封闭的日报复活了。我们在那里便又办起两个周刊：一，《世界语周刊》；一，即《狂飙》周刊也。《狂飙》因此也便再生，我同北京出版界是关系也便正式开始了。这一次的政变与北京的出版界是很有关系的，政变以后，定期刊物很出了几种，除五四时期外，怕没有再那样热闹过吧？我们居然在那种热闹中也凑了一个份子，却是我们想不到的事情。再则，当《狂飙》周刊出版的时候，其实那时也还只一种也没有出版，《语丝》还是一两期以后才出的。我们对于出两个刊物，当时都觉得不好。《语丝》的文字我只看见第二期《烽话》颇有意味。以后的《野草》，自然是又作别论了。我们对于当时出版界是不大注意的，我们只想做我们的工作。那时，还想办一个《每周评论》，批评实际生活，但没有成功。我同高歌向来不满意《新青年》时代的思想，但那时也并没有想开始批评，而我自己又还在妄想着出国。如我那时真的能够出国时，现在想来，还是一件好事体，因为这样可以不看见无大关系的中国的出版界！

在这里，我想夹叙一段似乎无大关系的事情，但我想，识者可以看出它不惟无大关系的吧！我有一个朋友叫"君宇"的，曾做《向导》记者，在思想上我们可以说是互相反对的，但是却听说过他很希望是办一个刊物出来说话。也正在这年暑假中，我在一个地方遇到他了。谈话当然是没有结果的，所以他又说希望我出来办一刊物。但到我们办起刊物不久，他却死了。我虽然以为他思想浅薄，然而他的这种态度是我始终喜欢的。而他赏死，也更减少了我从事某种批评的一个机缘，我在这里不得不又想念这一个朋友。

十一，二月之间吧，京副出世，我又见了伏园，但不过随便谈谈，因我此时已无稿可卖了。我问起关于《狂飙》周刊的舆论。他说："鲁迅曾问过长虹何人，那日请客，在座人很多，有麟也在。大家问《狂飙》如何，他说，据他看是好的。"我从此便证实我那一个推想，因鲁迅，郁达夫已都赞赏《狂飙》也。当时的《狂飙》是没有多少人看的，我们当时的无经验的心实私自欣慰，以为此两人必将给我们一些帮助，而《狂飙》亦从此可行得去也。而谁知乃有大谬不然者！

当我在《语丝》第三期看见《野草》第一篇《秋夜》的时候，我既惊异而又幻想，惊异者，以鲁迅向来没有过这样文字也。幻想者，此入于心的历史，无从证实，置之不谈。自我从伏园处得到消息，于是鲁迅之对于《狂飙》，我已确知之矣。在一个大风的晚上，我带了几份《狂飙》，初次去访鲁迅。这次鲁迅的精神特别奋发，态度特别诚恳，言谈特别坦率，虽思想不同，然使我想像到亚拉籍夫与绥惠略夫会面时情形之仿佛。我走时，鲁迅谓我可常来谈谈，我问以每日何时在家而去。此后大概有三四次会面，鲁迅都还是同样好的态度，我那时以为已走入一新的世界，即向来所没有看见过的实际世界了。我与鲁迅，会面不只百次，然他所给与我的印象，实以此一短促的时期为最清新，彼此时实在为真正的艺术家的面目。过此以往，则递降而至一不很高明而却奋勇的战士的面目，再递降而为一世故老人的面目，除世故外，几不知其他矣。

说到这里，我将转而一述郁达夫矣。一日下午，我同两个朋友——此中一友，今已不在人世，我哭之不及矣！——围炉坐谈，门外有叫长虹声者，我走出去。来者说："你是长虹！"我也说："你是达夫！"于是围炉者添一新友，而为四人矣！此时达夫出其雄谈，滔滔不绝，我等几无插言地。达夫去后，我谓此人态度率真，特言多宣传，隐含傲意，未能真正认识我等。在此以前，达夫曾给过我两次信，我则报以一诗，而无覆信，但我却找过他两次，都没有遇见。我亦一骄傲人也，即我之友人，亦不乏斥我为骄傲者，他更无论。然我低头真理，面视坦白，蔑弃世故——然我亦非不识世故之童骇，我曾饱经世故，历受挫折，但我终不为彼所屈伏——此则我敢于私心自信者。我当日晚上，便给达夫写了一率直而骄傲的信，我说，“明日下午想请你来大家喝一次酒；我觉得你身体很弱，但不知我能否帮助你些什么吗？”我何以请他来而不找他去呢？因为我曾问过他何时在家，他说，每天常在外面跑，改日他再来谈。并不像去今两月以前，达夫在北京遇见仲平，要他改日去谈谈，仲平未去，达夫便大生其空气。不料到次日，我们等至晚上，达夫仍不来，我们才饿着肚子出去吃饭。而且连回信都没有。我犹疑惑或者信未接到，也说不定。又次日，我同高歌及另一两个朋友同去找他，入其凄凉之客厅，等候了好久，主人才拐着腿走来，谈话亦应酬多而真挚少矣。我现在再述一琐事，万一达夫贵眼见此贱文，以助其唤起当时的回忆。达夫指高歌问我曰：“此位？”我说：“高歌，我的弟弟。”达夫笑曰：“看见倒像你的哥哥。”

我笑说：“舆论向来如此！”别有一事，则达夫谓张资平常发不平，说自己的小说比他的好，他也以为资平的话是对的。说着，把《东方杂志》上资平的一篇小说撕下来给我看。此文我回去只看一段，至今再未翻过。但从别处看了资平的几篇小说，则非小说也。我顺便报告给达夫我的意见。从这一次会面，我才知道了真象，因为达夫说信已收到，因他断酒，亦未覆也。然而真象怕还不只于如此吧。我们从此以后便再没有见面，也便无从证实了。

那时，我对于我处的境地并没有觉得有什么困难，因为我那时编辑《狂飙》的态度是认作品不认人，对朋友则认人不认其他。现在想来，才是错了。我那时已经是处于语丝社与创造社之间了。然而当达夫初次同我见面的时候，也说他在鲁迅那里他们也谈起《狂飙》，他还为《狂飙》发不平，说狂飙社人如是从外国回来的时，则已成名人了，在鲁迅处，我也问过他对创造社的意见，他说，还是达夫大胆一些。大家都正像朋友似的。

在那时我曾看见一个很好的时代的缩图，这可以使我想象到未来的那一个时代，我相信那一个时代是一定要到来，那决不是一个黄金时代，但比过去的时代却好得多了。那时，我并没有多大的妄想，但我终没有料到它会那样恍惚的，它会像做了一个刹那的梦，那一个光明的缩图它才只做了现在这一个形势指掌图中的一个不重要的沙洲。那时，我在《幻想与做梦》中想写一篇——那是什么名字呵？我那时没有写得出来，我现在还是写不出来，我想，它将来是总可写得出来的吧！

当《幻想与做梦》还没有写完的时候，我写了一篇《精神的宣言》起来走了，到那篇文字发表出时，我早已离开北京了。这个宣言，是不久便证明是说谎。我不久便又回到北京，已经入了1925年的初间，于是我看见一切都变态了。于是我的《幻想与做梦》便写了第十六篇《噩梦》，于是便一切都完了，我知道我所希望的无论什么，都还在辽远的将来呢！

“《狂飙》，你们弟兄两个包办了吧？”鲁迅向我同高歌说。

“成了兄弟周刊了！我们也正想办兄弟周刊呢！”我说。

这时，我开始来写“创伤”与“士仪”。这时，郁达夫也已走了。这时，鲁迅给与我的印像是一个平凡的人。这时，狂飙社内部发生问题。这时，《狂飙》的销路逐期递降。这时，办日报的老朋友也走了，印刷方面也发生问题。终于，《狂飙》周刊到十七期受了报馆的压迫便停刊了。于是一切都完事大吉。一面，我还在写我的“创伤”与“士仪”，而且我的“创伤”还添了不少新的材料。

当我们的周刊办成兄弟周刊的时候，朋友们没有给我们表同情的，因为他们正在四处攻击我们：他们有的是在袖手傍观我们。但是，我把那个困难解决了，我质问一个攻击我们的朋友到他无话可说的时候，我们又变成原来的朋友了。我从此也便同培良开始了初次的长谈，我们开始做了形式上的同路人。但是，那个形式同形式以外的一切，对于我们都不大合适，所以还是到那个形式破灭之后，我们才渐渐入于实际的朋友。

郁达夫说过要给《狂飙》写的感想，当然没有写。鲁迅只给我的一个日本朋友译了两首诗。还是他好，他时常说想法给《狂飙》推广销路。但他说不能做批评，因为他向来不做批评，因为他觉得自己是党同伐异的。

我以他这种态度是很好的。但是，如对于做批评的朋友，却要希望他党同伐异，便至少也是为人谋而不忠了！

当由兄弟周刊而变成朋友周刊的《狂飙》停刊之后，便是快入于《莽原》时期的时候了。但中间也还又有一点牵连，颇有一述的必要。当时有一个朋友愿意介绍《狂飙》到《京报》做一短属物，条件却是要他加入狂飙社。培良是偏于主张这样办的。听说那时鲁迅也赞成这样。我同高歌是反对这样办法。因为这个朋友，我们知道是不能合得来的，再则我们吃尽了附属的苦，而且连自己的朋友都隔膜太多。《狂飙》遂不得再出。过了几天，我便听说鲁迅要编辑一个周刊了。最先提议的，大概是鲁迅，有麟，培良吧。我也被邀入伙，又加了衣萍，这便组成了那一次五人吃酒。这便是《莽原》的来历。《莽原》的倾向，是已从文艺而扩张到批评。培良是最好说话的人。我呢，虽已似老气横秋，然而只要得其当也并不是不好说话。我那时是想开始批评从《新青年》所沿袭下来的思想。培良是思想之外，又着重于文艺，戏剧。我那时以为，一个文艺家其实是一个孤独者，如中国人都能像冰心，郁达夫者，岂不是一个很好的社会了吗？批评作品，则当然可以，批评作者则不大必要。这是我们当时的态度所不同的地方。但这些在《莽原》上可以都说没有实现，因为《莽原》还没有出版时，培良已留下几篇《槟榔集》离京他去，我又陷入自己生活的迷雾中，无批评的馀裕了。这时，高歌也已他去，所以现在的《莽原》半月刊倒无妨认他是一个外人。

担任《莽原》稿件的人，当时是大家“举尔所知”。尚钺，燕生，是我举出的，沐鸿（即高成均，亦即劣者）的稿子也都是我带去的。别一方面，则是霁野，素园，从芜几个人。《莽原》实只是大家的工作。至于外面人的观览呢，则那又只是鲁迅办的一个刊物，再不会认识其他。这不但是反对者如此，连赞成者也都是一鼻孔出气，所以我当时委实以为这两派人都差不多，所歧途者只是个人间利害关系不同而已。

大家想来知道当时引人注意的周刊可以说有四个，即：《莽原》，《语丝》，《猛进》，《现代评论》。《莽原》是最后出版的，暂且不说。最先，那三个周刊并没有显明的界限，如《语丝》第二期有胡适的文字，第三期有徐志摩的文字，《现代评论》有张定璜的“鲁迅先生”

一文，孙伏园又在京副说这三种刊物是姊妹周刊，都是例证。徐旭生给鲁迅的信说，思想革命也以《语丝》，《现代评论》，《猛进》三种列举，而办文学思想的月刊又商之于胡适之。虽然内部的同异是有的，然大体上却仍然是虚与委蛇。最先对于当时的刊物提出抗议的人却仍然是狂飙社的人物，我们攻击胡适，攻击周作人，而漠视《现代评论》与《猛进》。我们同鲁迅谈话时也时常说《语丝》不好，周作人无聊，钱玄同没有思想，非攻击不可。鲁迅是赞成我们的意见的。而鲁迅也在那时才提出思想革命的问题。但这个是没有什么结果的，因为并没有怎么实行。思想运动倒是从别一方面才表现出来，从实际的事件。至于思想上的战线，则始终没有分清，所以到霉江写"联合战线"一文时，终于碰了《语丝》的壁而撕碎了。而鲁迅则说，他对于《语丝》的责任，只有投稿。但大体上的界限却是很显明了：《莽原》，《语丝》，《猛进》对《现代评论》；京副，民副对晨副。但孙伏园以后在京副以《语丝》，《猛进》，《现代评论》并举的时候也还有过。

我做关于实际的文字，是从《莽原》第八期《弦上》

才开始的，正是当时的实际运动很急遽的时候。这文字的动机：一是因为《莽原》内部的问题，一是为想给与少数真正的反抗者以一些感兴。虽然人们从此便有以为我是专好骂人的，然而我的文字却并不是为骂人而作，倒是人们没有看懂。而且骂人的地方其实也很少。不过：人们既谓之曰谩骂，则我亦"谩骂"之而已！实则，我倒是反对谩骂的一人。但思想既与人们不同，这些处所当然也无从分辨，故当时也只好将错就错，听之而已！但要找当时骂人的口实时，则也怕还是从我开始的吧！直到现在还很风行的"他妈的！"那几个字，便是《莽原》第一期我在"绵袍里的世界"才初次使用。但那时《绵袍里的世界》的声音，而不是骂某一个人，也不是汎常的骂，则怕明白的人还不多有呢！

到实际运动起来的时候，思想革命的工作自然更无暇做起了。也许有人以为那已经做过且已完成了吗？否则，我们的现在又如何这样寂寞呵！当初的《语丝》并没有做这个工作的意思，《猛进》也没有的。只是《莽原》有其志而却未能做。而且《莽原》的内部对于这个问题也是别有问题的。我是主张批评的，我以为如不批评，思想革命是没有结果的，而且连界限都分不清。鲁迅却是主张骂，不相信道理。但是，骂的结果又怎么样呢？像做了一个噩梦，醒来时连主张过的思想革命都也像忘怀了！

我在这里顺便要批评几个人了。鲁迅是一个直觉力很好的人，但不能持论。如他对自己不主张批评，我不反对。但如因为自己不能批评，便根本反对批评，那便不应该了，我同他在初期的谈话里他倒并不反对批评，我以为还是那时的态度好些。以后的态度，我以为那是被感情，地位，虚荣等所摇动了。岂明是比较能够持论的了，但直觉力却不很好，这在事实上是便成为妥协。所以江绍原一面在晨副做文，一面又在《语丝》做文，而且使霉江撕毁了“联合战线”。我承认岂明的思想是在水平线上的，要奋发起来，还是好的。我去年也曾给过他一次信，希望他多做文字，自然我是不足道的。徐旭生是研究哲学的，当然能持论了，然直觉力实在不好，连人都认识不清。但他是一个最诚实的人，这一点我佩服。

如想再来一次思想革命，我以为非得由几个青年来做这件工作不可：他们的思想是新的，他们是没有什么顾忌的，他们是不妥协的，他们的小环境是单纯而没有什么纠葛的。已经成名的人，我想能够得到他们的帮助便是最好的了。鲁迅当初提议办《莽原》的时候，我以为他便是这样态度。但以后的事实却不能证明他是这样态度。这事实只证明他想得到一个“思想界的权威者”的空名便够了！同他反对的话都不要说，我想找一些人来替他说话，说他自己所想说的话，而他还不以为他是受了人的帮助，有时还反疑惑是别人在利用他呢！然而他却是得到了“思想界的权威者”，“青年叛徒的领袖”的荣誉！

在文字的战斗时期，鲁迅显然只知道有他自己，而忘记了同伴。我现在要举两件事实出来。当黎锦明屡次投稿不登的时候，在一个刊物上发表了一篇文字攻击《莽原》，但不敢攻击鲁迅，却除开鲁迅去攻击其他的人。鲁迅是《莽原》的编辑，不登稿也是鲁迅不登，并不是其他的人，两者都应该他出来说话。而他不但不说话，到我写了那篇已经十分和平的“弦外余音”的时候，他反以为是无须乎样子。他说过几次要攻击江绍原，但又说要等到暑假开学以后。我在《莽原》第十三期写了《弦上》第八《我的命令》一文后，《语丝》第四十二期便有江绍原的一篇仿近人体骂章川岛，我很疑惑，后来知道那是仿民副上的一篇文字。我那时说应该说几句话了。但他却说，江绍原已托川岛来向他认错，所以无须说话。江绍原向鲁迅认错，便可以白骂了别人！但到了霉江的信来的时候，他又说他对于《语丝》的责任只有投稿了！若再述一件琐事，则鲁迅更不应该。当“他妈的”三字在“绵袍里的世界”初次使用的时候，鲁迅看了，惊异地说：“这三个字你也用了!”我说：“其实《工人绥惠路夫》上也有过，但只是用你的娘。”我们看鲁迅“论他妈的”一文，却居然有“予生也晚”云云了！

我们再回头看一看霉江的那封信，再看信中征引的岂明“而新的还没练好”那一句话，我们又当作何感想呢？他使“新的”撕碎了“联合战线”而不自知，他却知道说“新的还没练好”！对于自己何其宽容，对于他人何其夸大！我们如再看了他关于国民文学的那两句话“要切开民族昏愦的痈疽，要阉割民族自大的风狂”时，又当作何感想呢？我当时看了此文，便老大地不满意，真不知岂明何以自处，又何以处人！岂明年纪至多不过四十以上，以古例之，正在不惑的时候，以新例之，则托尔斯泰未著其《忏悔》也。乃自己不努力，而把责任推在青年身上，而独不自知，乃敢谓在训练新兵！试问岂明不知科学，何以训练科学的新兵？不敢批评，无创作力，何以训练艺术的新兵？左顾孺人，右对稚子，身不履险，足不行远，茶余酒后，偶作一二率直短文，便以为功不再世，此何以能训练实行的新兵？若夫当时的所谓新兵者，亦大抵是二十以上的人，力量却是大得多，即鲁迅所谓富有生力者也。他们所缺乏的倒只是地位与声望，这倒正需要有人帮助，如蔡孑民昔日之帮助《新青年》者。我写到这里真不免有怀古之感而有如鲁迅之怕敢想下去者！不料当事诸人无蔡孑民之雅量，不重视青年思想之自觉，而视为若为彼等私人争气，而独不知感激，反妄以主帅自诩，我当时真叹中国民族之心死矣！至于反对刊物，则又谣诼繁兴，横加污蔑，而诸作者不特忽视他人之痛苦，而反故贻人以口实！对于私人方面，则又某籍某系，盈篇累幅，层出不穷，如人心未死，请清夜自思，亦有一二可供自我谴责者否？

我今再转而一述徐旭生又何如者。徐旭生为人老实，我曾听河南朋友说过，鲁迅也曾说过。第一次是我同培良为《狂飙》事找他去的，我所见过的他也以这一次是为最坦白。他说，《猛进》文艺稿甚少，希望我们做点文字。我们是极愿意帮助他，只是当时做不出多少文字。然而我们也终于帮助他了。《猛进》第十五期发表欧阳兰诗，一时传为笑柄，我知再难坐视，遂先后送了他几篇稿子，即：第二十期我的“三段故事”，第二十三期劣者的“游惰的灵魂”，第二十六期尚钺的“一切都黑暗了”，“生活与希望”是也。谁知这个诚实的朋友也知道摆他们所攻击的臭架子，不但毫无谢意，且不久乃似以敌眼看我了。这都是伤心话，不免还要详细叙述一番。

这便又该回头来说到《莽原》事件，而且得回头来说到《狂飙》事件。《莽原》内部的派别无可讳言，当初是鲁迅，有麟，尚钺同我算是一派，素园，霁野，丛芜又是一派。当暑假将到的时候，尚钺走了，有麟听说素园等不来稿了，因为我有稿费，他们没有。这桩事既因我而起，遂同鲁迅商量也给他们一些稿费，鲁迅说，无须，我又说，那我便去找他们一次，鲁迅也说，无须。当时有麟是怕暑假中没有稿件，但鲁迅同我却不怕这层。我当时说，不但还有一两个朋友可以寄稿来，便只剩我们三人，也能维持下去。不料过了一两礼拜，素园等又寄稿了。实则我一月虽拿十元八元钱，然不是我亲自去代售处北新书局讨要，便是催迫有麟去讨要，并不是正当薪水，出纳分明。这其实是普通视为丢脸的事。鲁迅也同有麟，小峰说过，因为我穷，给点钱用，这一点我感激鲁迅。素园等坐在家里，不见编辑，不见发行，又不到代售处，而想有人送稿费去，如何能办到。素园今发行《莽原》，与北新书局不无往来。当已知北新的钱不是容易拿到了吧！素园今发行《莽原》之对于撰稿者与昔日有麟又如何者。不退稿已足，我们不愿有过外的要求也！请素园平心静气酌量前后事件而比较观之，此中亦究有公理存在否？

从稿费问题起后，我才听有麟说，某君在《莽原》初办时已在鲁迅前攻击过我同高歌。这类事我本早可想到，以其无关重要，不去理会。攻击我的人向来是多的，然都是口出耳入，不敢写在纸上，所谓流言，说者既不负责任，我又何苦多事计较？此事又涉及《狂飙》时期卖稿事件。然某报之穷，人所共知，我等又无买稿权，何必积怨成仇？我想素园，丛芜亦未必如某君之小器也。我向来看人，不愿以类视，一个人还他一个人，不特某君不同素园，即素园亦不同于丛芜。且此事说来，牵涉更多，不复细述。如素园提出异议，我必奉陪。

现在我再一说民副事件，此关系较大，也是我视为最痛心的一事。内情鲁迅知道，素园知道，不足为外人道。是我当时看见静农态度不好，然我不愿意说出。静农去后，鲁迅也说出同样怀疑，我于是也说出。鲁迅托我次日到徐旭生处打听一下。我次日没有打听去，却又到了鲁迅家里。鲁迅又提起此事，又托我去打听。我再次日去打听时，则诚如我等所怀疑者。鲁迅当下同我商量，说要给徐旭生去说明真象。我说："为思想计，则多一刊物总此少一刊物好，为刊物计则素园编辑总比孙伏园好，其他都可牺牲。"鲁迅说："只是态度太不好——但那样又近于破坏了！"于是鲁迅没有写信，而民副产生。这些本来与我无关，无须多管闲事。但不料此后我再见徐旭生时，则看我为贼人矣！此真令我叹中国民族之心死也！不料不久以后则鲁迅亦以我为太好管闲事矣！此真令我叹中国民族之心死也！

当民副定议出版前，素园来找我要稿，此素园之无伏园编辑臭架子也！素园又谓听鲁彦说，衣萍对鲁迅说他们用手段，事出误会。不知果否传闻之误，然我当时则以为素园之不坦白也，故未致一辞。又素园要我做稿，态度大似，“鲁迅做稿，周作人做稿，某某人做稿，所以你也可以做稿”，这又是使我很不满意的。我以为既是来要我做稿，则只这要我做稿好了。然而萍水相逢，我留他吃饭，我对于朋友，也并不怠慢！而且我也做稿。虽然他们把自己的稿子放在前面，拿我的稿子掉尾巴，然而我终还做稿，为所谓“联合战线”也！

于是“思想界权威者”的大广告便在《民报》上登出来了。我看了真觉“瘟臭”，痛惋而且呕吐。试问，中国所需要的正是自由思想的发展，岂明也这样说，鲁迅也不是不这样说，然则要权威者何用？为鲁迅计，则拥此空名，无裨实际，反增自己的怠慢，引他人的反感，利害又如何者？反对者说：青年是奴仆！自“训练”见于文字；于是思想界说：青年是奴仆！自此“权威”见于文字；于是青年自己来宣告说：我们是奴仆！我真不能不叹中国民族的心死了！

须知年龄尊卑，是乃父乃祖们的因袭思想，在新的时代是最大的阻碍物。鲁迅去年不过四十五岁，岂明也大抵在四十上下，如自谓老人，是精神的堕落！思想呢，则个人只是个人的思想，用之于反抗，则都有馀，用之于压迫，则都不足！如大家都不拿人当人，则一批倒下，一批起来；一批起来，一批也仍然要倒下，猴子要把戏，没有了局。所以有当年的康梁，也有今日的康梁；有当年的章太炎，也有今日的章太炎；有当年的胡适，也有今日的胡适；有当年的章士钊，也有今日的章士钊。所谓周氏兄弟者，今日如何，当有以善自处了！

说话太多，再来叙事。我又见了鲁迅，他问及民副投稿事。我说了我的不满意。他很奇怪地问："为什么？"我便说了那个"某人……所以你……"的公式。鲁迅默然。停了一歇，他又说道："有人——，就说权威者一语，在外国其实是很平常的！"要是当年的鲁迅，我不等他说，便提出问题来了。即不然，要是当年的鲁迅，我这时便要说，"外国也不尽然，再则外国也不足为例"

了。但是，我那时也默然了！直到实际的反抗者从哭声中被迫出校后，我当晚到鲁迅家略谈片刻后，鲁迅遂戴其纸糊的权威者的假冠入于心身交病之状况矣！此后，我们便再没有能谈坦白的话。

实际的运动虽然失败，然文字的运动总算是胜利了。这却是由于“联合战线”的好处。单凭一两个人是没多大用处的。《现代评论》本来是由太平洋社同创造社合作的，但创造社却逐渐退出了，有不少青年学生因此都知道了《现代评论》的没有价值。虽然比陈源会说话的徐志摩编辑了晨副，然而也无所施其技。虽然用“话匣子”做题目似乎同我开过玩笑，然而我当时已无心做文，无心看报，所以始终不知其详。我本来对于文字方面是主张批评的。对《现代评论》，对《甲寅》，我都曾想批评过。便是在反陈空气最热的时候，我仍然同鲁迅这样说。而且我说：“便是陈源同我做朋友也好，但是批评仍然是批评。”这当然是他所不高兴的话了。我当时没有能够实行我的主张。便是到徐志摩编辑晨副消息传出时，我仍想批评过。但不久，不但批评，我连什么文字都不想做了。在闹嚷嚷的这一个时期，只有张申府同周作人的辨论辟出另外的一个境地，却是张申府占优势的。我当时不赞成张申府的态度，但我也才知道他的见解好，能持论。到吴稚晖的文字出现后，则又是另外一个景象了。

郁达夫去年也是回过一次北京的，但只做了一篇反《甲寅》的照例文字，一面又敷衍于陈杨之间。所以他那时至少也是妥协派。郁达夫是时常唾骂大人先生的，曾发表过文字劝青年去偷，他也是青年，为什么反同压迫青年的大人先生们妥协呢？这便又涉及所谓文学共和国里的党派问题了。

我是不懂什么党派的，如有不认识的人攻击我的朋友，如其攻击得对，我也赞成。我自己呢？如其我今天的思想不攻击我昨天的思想，那我也便没有进步了。如有人攻击我，我倒是非常感激呢！岂明有时候也有这样的态度，这是我最赞成他的一点。即如他不佩服鲁迅的小说，却佩服郁达夫的，这是他的一种最好的自由批评的精神。他如能把这一种精神尽量地表现出来，便是一个最好的批评家了。郁达夫是写过“文学上的阶级斗争”的人，然他所举的例却是新旧艺术的斗争。郁达夫是写实派呢，还是罗曼派呢？郁达夫同当时压迫青年的现代评论社妥协，是艺术上的罗曼运动呢，还是写实运动呢？或者阶级斗争可以解作此社与彼社的斗争吗？则成仿吾，《洪水》何以又攻击陈源，岂明何以又佩服郁达夫？然则郁达夫不过是受了因袭的党派思想的支配罢了，如何能拿阶级斗争来作护身符呢？中国的经济状况同外国是不一样的，如有人要主张阶级斗争，实际上的或艺术上的，须先把中国的经济状况说得明白，分出界线，才行。否则，那只是党同伐异而已！

一个人的作品和思想，都是环境和时代的产物，个人不得据为私有。写的写出，印的印出，看的去看，批评的去批评。四者之中本无所谓联合战线。著作者虽然无妨用其作品卖钱，然作品并非为卖钱而产生；著作者虽然无妨以作品而得名，然作品不能作求名之工具。若著作者既已假此而得名，而又患得患失，得而又欲扩而充之，而著作者间乃至行其相互之仇恨，即退一步说，视之为亦无不可。然挟此私恨以见于群众运动之中，不惜淆乱黑白，假公济私则与章士钊之所为何异，有何颜面去反对章士钊呢？

我本来对于从事艺术工作的人，都是表同情的，正如前面所说艺术家都是孤独者。不但我在《莽原》第六期《中国与文学》一文曾以《呐喊》，《沉沦》，《超人》并举，而且我同鲁迅在谈话间也没有攻击过他。而且我对于创造社几个人都是同样态度。有一次谈起成仿吾批评《呐喊》，我只说，态度不好，但见解我以为有一部分还是对的。鲁迅则常说郭沫若骄傲，我则说他的态度才能倒都好，颇有类似歌德的样子。鲁迅说，他可没有歌德的伟大。我说，他正是学歌德学坏了，所以我将来想批评他，把他的错处指出，他大概可以变好。鲁迅则说，他不以为你说得对的。我说，只是我对于歌德没有研究，我想用歌德批评他最好。鲁迅说，那他要同你辨论。我说，辨论是可以的。只是，鲁迅说郭沫若骄傲不只一次，我时常疑惑他是借郭沫若说我的，所以我常不说什么话。他也说《女神》好，《星空》不好，却同我的意见一样。因为我对于创造社的态度如此，所以到后来我在鲁迅处听品青说郁达夫往来于杨陈之间的时候，我真不能不为他痛惜的了！

所谓党派者，在传说上好像是很热闹的，我对此实在是莫名其妙。有一次，听一个朋友说，从北新书局传出的消息，郭沫若醉后写了一付对联给周作人，意思是什么成文豪置房产之类吧，原句已记不起了。当时我以为沫若不至如此，但真象如何，却无从证实，我也没有调查，不久便忘掉了。但事实有无，且不管它，既然成了一种传说，则在某种意义上也便是一种事实了。我不知道外国有没有这类现象，我想，大概是不会有吧？这对于中国的艺术，总不是一个好的现象，我想将来是可以不会有的吧？

但不久，好像我也陷入这样漩涡了。一次，鲁迅对我说，有一个叫李玄的，山西人住某路某号，给周作人去信，说他听说北京只有五个人。他想看一看这五个人究竟如何。他听说我从前在那里住过，所以要我调查一下。我当时觉得好像这信便是我写的似的。我确乎也有这样一个朋友，但我却没有知道他到了北京。我便转托了一个朋友去调查时，果然是那个朋友到了北京。以后事实如何，我没有再留心。我实在不高兴再留心这一类事实。其实，这些倒还是常有的事实呢！

传说这一类事，我是讨厌透了的，这不能证明事实，而只能淆乱事实。关于《莽原》的，有一些人都疑惑是我编辑，连徐旭生都有一次这样问过我。外面来稿不登的，也有人便积怨于我。事实则是，《莽原》通信处是有麟住的地方，收到的稿，他再转给鲁迅看。例如焦菊隐，是我曾见过一次面的，他投稿几次都没有登，听说他初次投稿时曾提及我，但到我知道时，已是两三个月以后了。所以我连信都无从回复。又如黎锦明也曾给有麟同我去过一次信，有麟倒转给我了。但他的意思是想借我的笔骂锦明，所以我便索兴不说话。此类事实还很多，后来我因此在我的生活上还接受过一次报复，但那时不但主持正义的先生们，便是土匪派的先生们也没有注意，以为那只是我个人的私事。至于时常传说有某某人想办一刊物专攻击《莽原》，则又知道在暗中似乎又有一所谓反《莽原》派了，我却是欢迎这样攻击的，形诸文字上的攻击，至少也可以表明各个的态度，这在中国是很需要的一种现象。然而偏始终没有出现，或者已无形消灭也未可知了。

当时虽然是打着思想革命的招牌，然而工作却已偏重到事实方面，而且大有被节外生枝的另一些琐碎事实所混乱了的趋势。到暑假中，我觉得《狂飙》月刊不可以不进行了。也已经同鲁迅，徐旭生担任稿件，但后来却都没有做。我又想暂且停止了这个工作，退出北京的出版界，到上海游逛一次。我开始写《生的跃动》，预备写六七万字来上海卖稿。但又有朋友提议先出一期不定期刊，于是我把《生的跃动》写了五分之一的样子便收缩住留给不定期刊用了。培良，高歌也正在这时回到北京。培良写了一篇批评《现代评论》前二十六期的小说的文字，我本来想写一篇文字批评《现代评论》的思想，但又没有做起。到《狂飙》不定期刊中经颠连困顿出现到北京出版界的时候，我已不在北京了。《狂飙》不定期刊此时便走了孤独的路，不像本来的《狂飙》周刊了。这已到了一年的末了的一月，《狂飙》月刊把着开始思想上的联合战线上的思想的批评工作，然而没有能够开始，而仅只出了一本不定期刊，且已像站在联合战线以外了。从《狂飙》周刊起，中经《莽原》周刊，而又到了《狂飙》不定期刊，这是我在北京出版界经历的一部分的实情。

28，10，1926，在上海。

《狂飙》周刊计划中的新花样

在寻常的说话中有所谓“普通”与“专门”这两个名词，我们暂且认为它是对的，《狂飙》周刊也想含有这两种性质在内。如科学，艺术，乃至批评专门一类的东西时，则“有话大家说”，“走到出版界”乃至美术介绍，便属于普通一类了。此外，我们还计算着再添一些花样出来，总期极尽善普通与专门之能事，只是一时还没有找到相当的人才，这是谁都没有法子的事。但我们仍在竭力想法。

我们想添设花样，就用在所计议到的说时：一，科学和艺术的新消息；二，国际的实际状况；三，科学史及通俗的科学文字；四，民间传说与歌谣。第一项已经同一个朋友去商量了，不知允否担任。第三项也许能够得到几个人的帮助，第四项希望读者帮助我们去采集。

只是第三项很有些困难，一时有没有办法。还不能说定。

人才在目前是很缺乏的，但也不是没有。最坏的是那些无聊的派别，无形之间，把思想较相近的人们却隔离远了。我以为这些流别之害有甚于军阀者。但这个又不是这里所能长谈的了。

《现代评论》的又一希望

端六到广东客观了一次实际状况，末了是希望政府出版机关出现于广州。今天看到第九十八期的《现代评论》，又有涵庐来希望军阀丢开武力用政治决胜负，我敢断定这个希望没有实现的可能。如其可能时，军阀早那样做了。但是，如谓以政治决胜负，便像从前段祺瑞毅然决然的那样者，这可就无从说起了。那样的胜负，其实无须乎待决而已决了，我想涵庐也不至于不明白这一点。段祺瑞一决胜负，国而独青年死于流血者有人矣。呜呼，而《现代评论》中一见不足而想再见吗？呜呼！

30，10，1926，在上海。

咄！商务印书馆乃敢威吓言论界吗？

因为《一般》杂志批评商务印书馆所出之《学生》，《妇女》等杂志，商务印书馆传出消息说要向章锡琛起诉。咄！商务印书馆乃欲威吓言论界吗？

商务印书馆须知：批评者，言论自由也。如谓批评不对，则可在自己出版的杂志上与以答辩，或竟加以驳斥，均无不可。如谓批评得对，则正应虚怀若谷，纳受善言，从事改良，以表明对于出版界所负之责任。这两条正当的路，商务印书馆都不去走，而乃支离牵错，而提出所谓起诉问题。咄！商务印书馆竟敢妄谬至此，来干涉言论自由吗？

商务印书馆须知：学术，思想，出版事业，必须相互批评，而后始能有长足之进步。不妨翻出自己出版的几种书看看。如《行为主义的心理学》一书，批评其他心理学而根本推翻之者也。如《马克司经济学说》一书，批评其他经济学而根本推翻之者也。推而至于自己出版之杂志，推而至于一杂志中所发表之文字，其相互批评者均随处可见也。《一般》杂志批评《学生》杂志，不过其形式上较为显然而已，然其为批评则一也。此而如何能拉到法律问题上去呢？

商务印书馆须知：杂志者，商品也。买货者都有批评货的好坏之权利。故《学生》杂志等之好坏，不特执批评业者可以批评，即普通读者亦无不可以批评也。如怕人说坏，便应该自己先事改良。如不先事改良，而致有人说坏，则更应该疾起改良，以符言论界，读书界之厚望。乃不此之出，而乃欲妄兴若所谓文字狱也者，商务印书馆有无此权，抑又能防民之口耶？

商务印书馆为中国最大之营出版业之机关，正应用其雄资，为中国文化事业尽其最大可能量之贡献，以期追踪或突过欧人之文化事业，而为中国民族争一日之光荣。乃对于此等大处，漫不注意，而只斤斤焉因几篇批评文字徒事自扰，又何其器识之褊浅呢？

商务印书馆所出版之各种杂志，即姑退一步置其内容如何于不论。而号称定期刊物，而乃不能定期出版，以视北京之《语丝》，《现代评论》，即以视上海之《晶报》等三日刊，其愧悔应如何耶？即此等极显然之定期应该定期出版之琐事末节，独不能自居绳尺，而贻读书界以不少之不便。此乃赖读书界之大量宽容之耳。如自谓事属应当，则所应当者乃定期刊物不能定期出版乃应当名符其实迳改为不定期刊或乃至迳行停止已耳。乃商务印书馆受此等过量之宽容，而独不自警惕，不自振作乃有一二人出而批评其定期刊物，而反节外生枝，商务印书馆其何以对得住我们读书界呢？

商务印书馆所出版之书报，著作界所著述而又读书界所购买者也。此对于著述界与读书界至少亦当尽其相当之优遇。乃对于读书界之需要不知努力应付，而对于著作界之言论又横加压迫，又何其忘本而丧义呢？

呜呼，吾等所希望于商务印书馆者，即努力于中国文化事业之贡献是也。吾等为中国文化计，亦将出而负监督或指导之义务。此在商务印书馆视之，正当以吾等为不领薪之顾问，感激之馀，正当收纳忠言，以尽厥职。若不此之务，而乃妄与外间之言论以敌视，或迳加以威迫，则起而抗之者，勿谓著作读书界之无人也！

31，10，1926 在上海

再谈《广州文学》及其他

今天看到第三至六及九的《广州文学》，知道从前的观察有不少错误。第一，二两期，书局已卖完了。无从去找。

我这几期中，如《浪花与姑娘》，《迷途的野马》，都是很富情热的诗，如《初秋之夜》，则优美而乖僻，这里的文字，都含有一种开始的心的扰乱，而把这表现得最多的是那篇连续的小说《玫瑰残了》。

新的艺术将要从心的扰乱做出发点，什么时候把这心的扰乱达到或然，极致，什么时候便达到了艺术的黎明时期。越能够破坏了形式的，也便是越尽致的心的扰乱的表现。越能够超出于理解的，也便是越尽致的心的扰乱的表现。无须讲求技巧，而从这里却将要产出新的技巧。技巧属于艺术，而艺术不属于技巧。

新近上海又出版了一个《白露》半月刊，第一期中那篇独幕剧《吴淞江上月》，也有相类的倾向。只是回顾的分子似乎多些。

为害于艺术的，是那些沉静的夫子们，他们惯会拿过去判决将来。成名的作者们很想把青年放在他们的肘腋之下，确能够恭维他，却不要突过他。艺术界又颇有植党营私的恶习，这些通统让它同历史腐化去好了。

一般老旧的读者们喜欢读老旧的作品，原不足怪，但他们赞美老旧的作品时，又每意在言外地讥笑青年，这便不可恕了。他们更退回死路上去，说古代已有很多伟大的作品了。这好像是以为青年努力于创作竟是一种不必要的玩意。

但青年们对于老人，却将不只是报之以言外的讥笑，因为青年们没有这种沉静的工夫，也没有这种自弃的积习。青年们将是狂暴地蔑弃老人，反抗老人。并反抗那些未老先衰的老人。这也是将青年的心的扰乱的表现之一。

青年们将要蔑弃那些讥笑，而以勇往直前的壮气去创造新的艺术，也便一去创造新的时代。我想，这样的时代也许快要来了。

《广州文学》第九期是隔了几期才出版的，最后半页中又似乎流露出一些哀音，我希望这不是哀音吧！

狭隘的地方色彩，在艺术上是不会有的，如其有时，那便是象征化，时代化了。我也说过希望看见较好的《广州文学》，这广州便是象征化，时代化了的意义。

5，11，1926

“模仿”与“创作”

《一般》杂志上一些关于新闻界及几种杂志的批评，我认为颇有意思的。但谈及艺术时，便很糟糕。因为“模仿”两字，我已曾尽过一次忠告了。本来关于艺术说话是很难免错误，连从事艺术工作的人都不敢十分自信。则，《一般》的态度如果显明者，正不妨自己认错，或即使不能认错，而也止于沉默！乃事实偏不是这样，既不能坦白地认错，又不能老实地沉默，而乃藏头露尾于字里行间以行其无聊之怨怼，这真不免成为灰色的态度了！须知“创作”者，是名正言顺的事，如果对于艺术少具忠诚之心者，决不会拿了来做讥笑的资料。更无论乎以自己“模仿”之说错，而来讥笑“创作”。不喜欢看某种创作是可以的，没有赏鉴某种新的创作的能力是可以的，但既不能立一批评的标准使攻击新的创作，则止于用不显明的态度来行其一二之讥笑，那又有什么意思呢？

又，《一般》颇以指导青年自任，这是有思想者所不为，如翻出去年北京的《莽原》同《现代评论》看看，关于此点，也该知所取舍了吗！

我是不懂左右袒的。一件事还它一件事！

7，11，1926

德国狂飙运动的代表作物

德国文学史上是有过几次狂飙运动的，但最有意义的，还是前后两次吧。前一次的代表作品如《强盗》，《少年维特之烦恼》，都有译本了。后一次的表现派的作品却也有两种已译出的。一，《人类》，在《宋春舫论剧》中。一，《从清晨到半夜》，曾登《小说月报》，从前在广告上看见也已印成小册子了。但前天到商务印书馆买时，却只看见一张小伙计的鬼脸，正不知是怎么一回事。

我希望表现派作品能多有几种译出来，对于中国是有益的事。

又来凑一次热闹

第一次的《狂飙》周刊在北京出现的时候，正遇了北京出版界的一个热闹时期，可惜到最热闹的时候，《狂飙》周刊已经死了，而被《莽原》周刊代替了。不知道是北京出版界度量褊狭，还是《狂飙》在北方反而会不服水土，第二次的《狂飙》周刊于是在上海出现了，却又像要遇到南方出版界的一个闹热时期，又来凑一次热闹。不知这一次到最热闹的时候，《狂飙》还会死了不会？

近来南方出版的刊物又有几种了，如《广州文学》，《白露》，《幻洲》，《火山》之外，又有《苍蝇》，《挣扎》，《烽火》，很有一种新气象。

8，11，1926

关于《沉钟》

石君来信说，《沉钟》有移到上海出版的消息。上海的定期刊物，除《晶报》一类外，很少有能够做到定期两个字的，自然也有别的原因，但听说印刷局便大抵是不守约言。春台有一次也同我说过："上海的人原来同北京不一样。"《沉钟》是半月刊，比周刊自然容易按期出版，但也很难说定。这还是要沉钟社同北新书局预先注意到的呢！

我常以为每一件事情，凡是对这事有关系的人都应负相当的责任。如能做到这个，则事情也许容易办好。比如说一个定期刊物吧，编辑自然愿意按期出版，书局也愿意按期发售，印刷局也应该按期交货，便是读者方面，又谁是不愿意按期看到的呢？所以读者对于这事，也便有说话的必要了。但是，实际上则读者大抵都不理会这回事，以为若与己无干者。连商务印书馆的定期刊物都不知道办成什么了！如读者能够注意到这里，大家出来质问，监督，则书局大概是不能仍那样敷衍了事的吧！

《语丝》果真要静默了吗？

看了第五期的《沉钟》同一百〇一期的《语丝》，《沉钟》篇篇都好，《语丝》几乎没有什么意义了。所以我从前说的三种好的定期刊物，不得不把《语丝》暂且除外了。将来如何，待将来再说。此后的《语丝》也许又要换一付色彩，换好换坏，待将来再说，看了近几期的《语丝》，这种趋势倒是很显明的了。

沅君去年在《莽原》周刊上发表过一篇小说，是女作者中一篇空前的作品，我们正希望看见再好的作品出现。不料这期的《语丝》，却看见沅君的那样一篇文字，令我又想起初期的《语丝》川岛所说“又上了胡适之的当”那一句话来。

《书报批评》一文，竟同普通的刊物一鼻孔出气，非当年之《语丝》矣！呜呼！

还是一百期岂明的《酒后主语》较有意义。但茀来则的观察其实是表面的，也是浅薄的，改日有暇再详论。我看见此文，起了意外的悲观了。

《语丝》果真要静默了吗？但静默是不可能的吧？

南京的青年朋友们起来吧！

新疆，西藏之类，一时是无从说起了。但南京也是文物之邦，交通便利的地方，何以看不见青年们办的什么刊物呢？不说话有两种意义，一种是养力，一种是心死，南京的青年朋友们的静默是那一种意义呢？我以为那是前者，我也希望那是前者吧！

帮助青年的是最好的老人，傍观的是次好的老人，但这都难于希望到。若夫救青年者，则只有青年自己而已！

我希望这静默是养力，那末，让我招呼一声：南京的青年朋友们起来吧！

杭州与我无缘

据杭州的民智书局说，《飘渺的梦》，《荆棘》都卖了几本，《心的探险》一本也没有卖。这也许是我的丢脸事情，但倒乐得自己来宣传宣传。

我想为杭州唱一曲情歌，但是，杭州的女子谁来和我？这也许倒是我自己的丢脸的事！

我爱西湖静默，可以养力（?）但西湖的美，我却无心赏识。

杭州是一个墓冢：将来可能有缘吗，你冢中的人？

怀田汉

从《新青年》开始而有了新的出版物之后，我看见的名字中的那个郭沫若，田汉，我是如何心爱来呵！然而不久事过境迁，事过境迁了！郭沫若浮夸了！田汉销沉了！然而，销沉不是强似浮夸吗？我最初知道漱瑜死了时，我真为田汉君掬一把酸辛泪呢！以后，田君的译作都看不见了。然而我相信田君是一个有为的人，我现在还如是相信。

我希望田君的销沉时期早日过去，快起来作，而且快起来译吧！

30，10，1926，在上海

谈谈翻译

1

去年的冬天，在太原遇见一个十七岁的少年诗人。只可惜中国的粮食太少，所以诗人饿了，以后便再没有声音。粮食问题，在目前是很重要的，可惜又没有多少人去解决它。

我对于翻译，是抱着极宽容的态度。举一个极端的例，虽即是罗迪先译的《近世文学十识》，我也以为很有意义，虽然错误而且不通。反之，创作方面可不能含糊了事。因为译本无论如何坏，必有多少存着原书的面目，这便是有意义的。若夫译本不好，而又不愿人说坏，那自然是另一件事。

我以为便在现在，也颇有一些人能够做翻译工作的，而却都不肯做。也许是翻译不能得名之故吗？如说“翻译大家”，这不是好像含有刺意的一个称呼吗？然而这却是真的有劳苦有成绩的工作，不像骗一时的名利而终于会被人发觉的那一类勾当。

但也有人偶尔来翻译了，却仍像为名利而来，如刘半农之翻译《茶花女》是也。所以，杨丙辰翻译《强盗》，我们便觉得是极有意义的事了。

2

文言译书。最不适用。我看了几本文言译的科学的书，都不能得到一些明了的认识。你如拿一本《威廉退尔》和《强盗》一比，也便可以知道那一本是好的。译本不好，便可重译，正如昨天喝了绍兴，今天来喝汾酒。并不像点卯似的，如叫“物种原始”，“到”，便算完事一宗。

即如《物种原始》便译得不好。去年在京副上有人发表过一篇正误，很长。然而译者也不理会，书局也不理会。如其把这正误附在译本后，或由中华书局收来印单行本行世，对于那一方面都是极有益的事。然而他们偏都不理会，一本书好像是推出门去便算，以后一切都与己无关。

3

翻译比整理国故重要得多，因为翻译来的是中国所没有的东西，而国故则古已有之，有目共见。然整理国故好像比翻译盛行得多了。则又以整理国故迎合中国人保守的心理，容易得名，或可成为什么大师或科学家者，则又以整理国故轻而易举，俯拾即是，看书多的固可大整理，看书少的亦无妨小整理。但要说对于时代有贡献时，则仍是翻译而非整理国故，不相信的人不妨从事实上去找一些证明去。

4

前几年的《小说月报》，是很为翻译做了一些工作，还有关于文学消息一方面的。那时的《小说月报》也较有意义。后来却不大注意这方面了，而大半登一些没意义的创作。翻译错误受人攻击，这是有益的事，正可努力从事改善。若因此而便偏重创作，则创作又受攻击时，又当如何呢？

《小说月报》如想重整旗鼓来振作一下，我以为还是注重翻译好些，创作则宁缺勿滥。翻译事业，《小说月报》因有钱买稿的缘故，在目前也算是最容易举动的。

再说，《小说月报》革新后第一二期所登过的关于翻译的目录，直到现在还没有出版多少，已五六年了。

5

翻译既然是重要了，那末，又是翻译那一类书是更有意义的呢？外国的书固然不能一一翻出，即不加选择，信手拈来，随便译去，也是不好。我以为是多译科学的，少译哲学的，多译现代的，少译近代乃至古代的，对于中国较有益处。但事实却正相反，即如表现派的剧本译出的只有《人类》同《从清晨到半夜》两种。而科学名著也寥寥无几。则以国人无清晰的时代意识故也。这便很容易使翻译变态而等于整理国故，倒正是差之毫厘，谬以千里的事呢！

再则，多译杰作，少译全集，多译弱小民族作品，少译英美无聊小说。关于文学史的，则多译善本，而少编纂，近年来编纂的几种都不好。

6

指摘翻译错误的，大概始于《创造周报》，以后则《现代评论》也常有这一项工作。大学教授们平日当惯了先生，所以一开口便好像天下都是他的学生者，那态度自然是难近。再则，教书之余，也自己动手来译几部书，一面也更正一些别人的错译，我以为倒是教授们最适当的工作。但是，现在且丢开这些不谈，指摘错译这件事的本身终是有意义的，这样人也很需要渐渐多起来。

中国与俄国

岂明在几年前有过一篇“文学上的中国与俄国”，我看过的批评文字，只有那一篇很有意义。

现在的中国也将俄国来比时，我以为同一千八百四五十年间的俄国差不多，在文学上呢，大著作都还未出现，《新青年》时代的思想又同样是多空谈而不识实际。

将中国比俄国，最重要的是政治上的差别。俄国是贵族的专政，中国则是小资产阶级的自由竞争。不明白这一点，不能够明白俄国同现在的中国及将来的中国在时代上的意义。明白了这一点，不但可以明白实际生活，而且连将来的艺术的趋势，也便不难推测一二了。

有意识或无意识地感到这个的，将要成功艺术的创造者，将要成功实际的战士。过去的种种则怕只成其为过去而已！

3，11，1926。

关于“论人类的行为”

《论人类的行为》，是我的《经济学批评》中的一章。《经济学批评》，并不便是经济学，批评的工作，只想把经济是什么，先给以一些说明，及把从前的经济学方法的错误指出，及说明如何去开始科学的经济学的工作。我对于经济的主张如何，连我自己也不知道，只可待诸将来科学的研究好了。过去的学说，我都不相信，这只要看了我对于哲学的态度便可知道。

有朋友看了这篇文字，说仍然是经济史观，也有人说是惟心的。这两种意见虽然恰好相反，但有一共同点即：都有些把批评下得太早了。我现在再郑重声明：我还没有开始经济学的工作，这里所发表的只是经济学批评的工作，在确当的范围以内，希望读者的指摘或了解。

经济学将来是一个实验的科学，如行为的心理学那样。一切都待决之于实验，着一点成见不得。我现在只是一个孤独的科学的研究者，无党无派，请读者不要用党同伐异的眼光来看我。国内从事科学工作的人，我同郭任远，陈德荣两君的态度相近，只是研究的范围不同，二为心理学，一则经济学而已。将来也许还有人用这种态度去开始建设性的科学，那自然是最好的了。

总之，我所从事的是科学的工作，这不但不是一派的，也不是一国的，而是世界的。如其我的工作对于那一派的朋友们有无形的侵犯时，也请不要用党见，而是要用科学来批评。更希望不要用某人的学说来范围我的工作，因为这是一个新开始的工作，与过去的学说都无关系。

再则，一个新的科学的建设，决不是五七年便可以成功的，或者完全失败也未可知。谁又能够确切地预言它的结果呢？然则，根据我的一篇文字而错误地演绎地推测到一个结论，又从而攻击这个结论并用以攻击我的这一篇文字，这不是真的没有结果的事吗？

4，11，1926，在中国。

访鸣着

我初看见《北新周刊》第十期“介绍青年的战友——《狂飙》”一文时，我感到说不出的惊异：这正像我自己做的！如没有这篇文字做证据，我实在不敢相信上海有这样识者。但又过分地疑惑莫不是北京的朋友们做的？不料接到朋其来信，也惊异地问了：鸣着是谁？我又如何能答复他呢？也许他也在免不了疑惑这是我做的？没得法，还是请鸣着自己来解救我们的纳闷吧！

我并不在这里向不知名的高超的朋友们致最忠实的敬意。

9，11，1926。

关于《狂飙》

“有话大家说”一栏已经空白到七七四十九天了。外面来稿的一份也没有，连自己的朋友也都沉默了。这可知中国的说话界之穷也不亚于经济界。我几次想一人登场了，然而终于没有好意思。但是一个福音终于来了，一个不认识的十八岁的朋友终于寄来为科学作战的说话了，我在此真不禁要三呼中国的青年万岁！科学万岁！

“什么是行为主义”一文，是一个十九岁的青年朋友的译稿，错误或在所不免。本来想寄给德荣校正一过再发表的，而那样又得迟延很几期，待不得了。有错误时，待将来在本刊上更正，或到出书时再更正吧！三十岁以上，或者还可以说二十岁以上的人们都老了，做官的做官，摆架子的摆架子去了，所以科学的工作便不得不由一些青而又青的青年们去担任，这委实是一件很可悲而又大可喜的事件呵！

“家庭之下”是一部长篇小说，连续在本刊发表。本想每月发表一次。因为第四期编入的七章，临印时放不下了，书局又误把五章只登了一半，所以六七章不得不赶急在第五期发表。以后，大概仍然是每月发表一次。普通官样的刊物是以为连续发表长篇作品是有失体统的，这在本刊自然是不在乎了。如读者没有这样习惯而也以为有所不便时，那也只可希望大家忍耐一些。这样办法，虽然是由本刊开的端，但以后毕竟还是要有的。

张竞生可以休矣

科学是为人类而工作的，是为真理而工作的。所谓趣味者，乃迎合少数人心理的法术，非科学家所宜顾及者也。科学蔑视人们的趣味！

《性史》是淫书，真而又真的淫书，与科学无涉。张竞生如不欲辨护淫书吗，则回头另起去做点科学的工作好了。如欲辨护淫书吗，则张竞生休矣。沉默也是表示之一，我们要等候着张先生的表示。

我更希望周建人先生更勇敢地为科学作战！

7，11，1926。

思想上的《新青年》时期

中国之有显明的思想运动，是从《新青年》开始的。中国的国民在此以前也有过几次革新运动，但有的是偏于实行，在思想上没有显明的色彩；有的是宣传思想，而在时代上没有成为主要的潮流。例如，前清的同盟会，是以推翻专制，建设共和为职志的，然而种族的思想，民主的思想，社会主义的思想，同时并具，而又以种族的思想为最多。所以到了辛亥之变，种族革命是成功了，然而同盟会的政策却归于失败。又如"新世纪"是偏于宣传的思想，然而思想如离实际太远，则不会引起时代的反应，所以也失败了。所以到了民国初年，思想上遂转入销沉时期，而时代也便成黑暗的了。民国初年的中国，表面上好像是一个很和平的时期，然而实际上却是一个极紊乱的时期。如其要不知道那个时期的紊乱，也便没有法子认识《新青年》以后的时期是什么时期了。在那个时期，思想与事实遇了冲突，而思想被击破了，而事实也走上了极分歧的路，不但军阀与共和无从分辨，而且同盟会的势力也无形消灭。在当时的言论界，所以章太炎提倡士气的文字震动一时，然而士气根本便不是思想，所以昙花一现，而结果终于都走上了旧路。

《新青年》杂志本来同《甲寅》月刊同样是偏于政治方面的刊物，然而何以走上了新的路程呢？这原因仍然不得不归之于白话运动。由白话运动而扩张到文学运动，科学运动，实际的国民运动。白话运动也是属于实际的运动的，且正应时代的要求，所以成为一时的潮流。出版物方面，由《新青年》而扩张到《新潮》，《少年中国》，乃至后来的《创造周报》，乃至后来的《语丝》周刊，乃至现在所风行着的各种新出版物，都是这次运动所留给时代的成绩。

我这一篇文字并不是想说明实际运动，而是想说明思想运动，所以关于白话运动与国民运动的实情，只可置之不谈。

什么是思想呢？思想是一个时代的苏醒，是由经验的直觉而发动的。一个时代如其具有这种力量，便成为一个时代的思想运动。一个人如具有这种力量，便成为一个思想家。从事思想运动的不必都是思想家，因为思想上也是有群众运动的。思想是时代的，而同时又是超时代的，所以思想能够毁灭一个旧的时代，而又能开始一个新的时代。思想没有科学那样合于实际，所以它的势力是很薄弱的。它遇见科学时便一定失败，它又没有科学那样较富于永久性，到它的自身停止了时，它便变成旧的思想，而成为新的思想进行的障碍了，于是便受了新的思想的打击而归灭亡。

我这里所用的“《新青年》时期”是包含从《新青年》到《语丝》的这一个时期的。这不但《语丝》的主要做文字的人是曾在《新青年》做过文字的，而且《语丝》的思想也仍然同《新青年》的思想大致一样。《少年中国》正是同《新青年》是同时的刊物，思想上的色彩也差不多。《创造周报》似乎是另具色彩的，然而在思想上看，仍然是属于这一个时期的。而且，连标榜无政府主义的，以至极端相反的依傍政府的《现代评论》，也都不是例外。

我们现在看来，如《语丝》，《现代评论》，《向导》，《醒狮》，《创造》这几种刊物，都是各自一派的，而且都是相互反对的，几乎是绝对不能归在一类的样子。但是要从思想上去观察，却仍然是一类的。比如，《向导》与《醒狮》的冲突是什么冲突呢？我们看见的是政治主张上的冲突，而不是思想上的冲突。又如，《现代评论》主张军阀舍武力而以政治决胜负，无政府主义者却根本反对政治，这像是极端相反的了，然而也只是对政治的主张相反，而不是思想上的相反。《创造》与《语丝》，又像是相反的了，然而也止是艺术上的主张不同，而不是思想上的根本不同。《语丝》在这几种刊物中几乎成了很奇怪的一个刊物，这原因也止由于《语丝》仍然继续《新青年》的思想工作，而其他却是丢开思想工作了，这原因也便使《语丝》成了这一类刊物中的一个最进步的刊物。《创造》也是一个较进步的刊物，因为它从事的是艺术的工作。

我们如从《独秀文存》中翻出《新青年宣言》那一篇文字一看，便会知道它同《创造周报》所主张过的，同《语丝》第一期《发刊辞》所主张过的大致都差不多。我们不妨这样说，到《新青年》停止了思想工作的时候，《创造周报》便起来代替了。到《创造周报》停止了思想工作的时候，《语丝》便又起而代替了。这种工作的相同点是什么呢？曰：提倡美感，提倡自由思想，拥护科学，而要之是主张国民运动。所以《新青年》时期的思想运动，我们可以说它是中国国民思想的觉醒运动。

这个时期的思想运动在实际上是同样的，但在表面上却分开门户了。《新青年》分出的派别最多，如陈独秀成立了向导派，鲁迅，周作人又成了语丝派，胡适是国学派，陶孟和，高一涵又入于现代评论派，少年中国则又大部分现在都是醒狮派了。郭沫若，田汉本都与少年中国学会有关连，后来又分立创造社与南国社了。这个时期的思想大致都不出于救国，而救国的方略，大致又是出于科学，文学，德谟克拉西。在主张上呢，则除现代，醒狮两派外，又大致都倾向共产主义。思想同主张都大致一样，然而却分出不少派别来，而且到派别分出后，又几乎有一个相同的变革，则德谟克拉西这几个不再看见了。我们现在如再找德谟克拉西思想的遗迹时，只有从田汉或周作人那里可看到一二而已。这是什么缘故，我将在《经济学批评》一书中去说明，现在不能多说，现在所说到的，仍只是关于思想者。

比如，周作人是主张过文学上的德谟克拉西的，但不久，他却几乎像退出文学界了。而且他不久已实行其文学上的阶级斗争了。郁达夫是主张文学上的阶级斗争的，那他们正应该是同志，如马克司，列宁之同主张阶级斗争者，然而却不是那样。如郭沫若本来是主张罗曼主义的，后来主张了阶级斗争，也便主张写实主义了。写实主义正是鲁迅周作人所主张过的，那他们又应该是同派了，如佛罗倍尔，左拉，都盖缴夫之同派者，然而事实又不是如此。郭沫若主张写实主义，然而《落叶》却并非写实主义的作品。郭沫若主张了阶级斗争而来主张写实主义，而周作人也主张了阶级斗争而却又抛弃了写实主义而主张罗曼主义了，正像是时常在对立着的。至于这些相信马克司主义的人们而又互相分家，各自成派，则更是无须说的事实了。

这个时期的思想，又大抵都是相信科学的，然而科学也不能使他们联合在一块。而且又各有各的科学。胡适，顾颉刚以为整理国故是科学，现代评论社又以为谈法论政是科学，向导社以为政治运动是科学，吴稚晖又以为制枪造炮是科学，徐郁生则又说几何，几何，几何，罗辑，罗辑，罗辑是科学。各又都像是各自成派的。然而有一个相同的色彩，则是：胡适，顾颉刚没有做出一本科学的中国史，现代评论社也没有科学的政治法律学，向导社没有科学的经济学，吴稚晖不是自然科学家，徐旭生也没有几何与罗辑。所以上个时期只是一个科学的宣传时期。然而大家都宣传科学，而又各自成派，则科学究竟又是什么东西呢？

宣传科学而不去做科学的工作，是不能明白什么是科学的，所以如纯然抱着宣传科学的态度如吴稚晖者，那是很好。如以为宣传科学便是科学工作，于是而有假科学，如国故及政论之类。这不但现代评论社是如此，胡适也是如此，陈独秀也是如此。而宣传科学反而做了科学的阻碍。

艺术上的主义在欧洲诚然是有的。然而有一点不能够忽略了的，则是：欧洲艺术上的主义无论是先有主义或者先作品，要之，作品同主义是先后都有关连，都要出现的。中国却不是这样。宣传写实主义的没有写实的作品，宣传罗曼主义的也没有罗曼的作品。即如周作人，郁达夫，郭沫若的作品，究竟是什么派的作品，同他们所主张的有确定的关系吗？甚至，本来是主张罗曼主义的，不久又忽然主张写实主义了，而这时从前主张写实主义的于是又来主张罗曼主义了。然而这主张，不但没有作品的产生，而且连应用这种主张于已有的几部作品的批评都没有。

《新青年》时期的思想是对于过去的思想的反抗。用什么去反抗过去思想呢？用从欧洲舶来的思想。因为这思想只是从欧洲舶来的，而没有经过自己的制造，所以是极其浅薄的，一挥而去，于是便又合回过去的思想去了。思想是环境的产物，宁可以说是思想支配人，而不是人支配思想。到欧洲舶来的那一点思想失其支配的力量时，中国人当然还是回头来受中国思想的支配。

《新青年》杂志自己所走的路便是如此。前期的《新青年》有科学文学的介绍，有文学作品。但到后期的《新青年》便只成为政治的了，然而还自以为是经济的，然而却没有经济学的材料。《新青年》另一派人出来创办了《努力》周刊，然而也变成政治的，国故的了，《新青年》时代的精神已经没有了，然而办《努力》的人们却仍然自以为是继续《新青年》的工作。至于文学一方面，则《努力》又改变了从前介绍外国文学的态度，而用《国语》式与《九命奇冤》式的文学观来批评中国的新作品了。所以《努力》其实开的是倒车。

创造一派呢，除自己的作品外，思想上也是用了舶来品以攻击当时流行的古董，所以又成为一时的潮流。但不久，也便衰谢了。所以初来很有造成罗曼运动的姿势，但不久便也社会化了。于是《新青年》的别一部分人便又卷土重来，办了《语丝》，也颇有承继《新青年》工作的趋势，然而人少力微，把舵不定，所以到现在便变得无聊之态可掬了。

现在的《向导》，也许还以为是继续《新青年》的工作，《语丝》也许是以为是这样，这可知道人们如何不求实际。《新青年》时期的思想运动最大的缺点便是这不求实际。比如，胡适提倡了白话，这页是给文学换了一套衣服罢了，而他却幻想飞得很高，便想凭这点功绩以评衡天下的文学，岂不可笑，而且要失败吗？果然，他近两年来已不谈文学了。又如周作人译了几篇外国作品，做了些宣传文字，介绍的功绩自然是有的，但也并没有超于一个人的工作以上的意义。鲁迅想做权威者，然而世间没有这件东西，一个思想者除了几本著作外其实没有其他，此几本著作有何权威可说。创造社创造的工作。不去拿作品去担任，已失其工作的意义，此外也便无能为力了。然而却都各自以为天下之文宗，一代之领袖，又如何其能不失败呢？

这个时期虽然是尊崇科学的，然而科学的工作却没有去做，也没有介绍过重要的科学思想来。所以这个时期的思想，都是属于空想的。实际上是国民运动，思想上却生了许多不同的派别，这便是由于思想不求实际的缘故。思想没有经过科学的工作，没有认识了实际的生活，而都凭了空想去估计实际，所以从同样的实际运动而分出不同的派别。实则，胡适固然主张救国，向导派，醒狮派也都是一样，便是在文学的派别上也是一样，创造社固然是国民文学派，而语丝社主张的也同样是国民文学，因为不求实际，所以连作品与主张都不能相符，而反成了敌对的形势。

空想也是环境的产物，但空想不能够认识环境的真象，它反而常受环境变动的摇乱。中国的两派主张国民文学的，成了对立的两派之后，互相在思想上的暗斗的结果，几乎连同国民文学都失败了。一派倾向复古，一派则倾向自遣，但同样不能够成为国民文学的洪流。所以《新青年》时期的文学运动留下来的成绩，只完成了一个褊狭的国民文学运动，与俄国文学比较，正是只到了哥哥尔时期而止，而没有到了德国的希来尔时代，更无须高谈歌德了。

14，11，1926。

介绍中华第一诗人

我在《十字街头》随便谈了谈蒋光赤的诗，不料有人竟然疑惑我在嫉妒蒋光赤。我老实不知道什么叫做嫉妒。在恋爱上我虽然好像嫉妒过人，然而其实是我倒让步过人。更无论于一些文字上的勾当，连罗兰我也不嫉妒。不过这些都似乎是空谈，所以我现在来介绍中华第一诗人，以表明我的心迹。

所谓中华第一诗人者，于出版界大概是没有发生过关系的，有时，这便是第一次。但是，他的诗却是用古法题在西湖湖心亭壁上的。而又不写名字。所以这不但是第一诗人，而且是无名诗人，不但是老作家，而且是新进作家。

得了，抄在下面：——

七言八句苦搜求

诌得成时墙上留

吾是诗人尔知否

翩翩风雅异凡流

中华第一诗人纪游

靳云鹏先生的说话

今天在《新闻报》上看见靳云鹏先生的几句说话，委实坦白得很，现在也抄了出来：——

> 余之公司，已粗具规模，但股东未足，尚须召募股本。总董一席，已定王聘老。此老道德高尚，谨慎守法，将来公司事务，交渠去办，必能遵照章程办理，他人或恐不能。

近来因为一些缘故，《经济的批评》尚未续作，在我的经济学上，所谓政治道德云者，并不如马克司所说在受经济的支配，而是其本身便是经济。马克司同克鲁泡特金的学说，我以为都是错误的。马克司是玄学化的科学，克鲁泡特金是科学化的玄学，都不是真的科学。马克司的学说较近于实际，较近于科学，然而他的解释，他的方法，却是玄学的，所以不能够说明实际。克鲁泡特金的学说，他的解释，他的方法都是科学的，然而他的基本的思想却是玄学的，所以也终是空想。克鲁泡特金毕竟是一个俄国式的学者，马克司也毕竟是一个德国式的学者，都不是世界的。列宁便比较优胜些了，这便因为列宁有俄国人的感情而又有德国人的理智的缘故。

国家正是一个公司，所有的道德都是商业道德。靳先生的话恰好说得正对。

14，11，1926。

《吴歌甲集》及其他

今天看过《吴歌甲集》了，免不得又要来说几句话。

我是反对整理国故的，但并非根本反对历史，而是因为从国故中找不出真的历史。更不是人而反对整理国故，《中国哲学史大纲》固然不好，《中国小说史略》我也老实不要看，更无论于《古小说钩沉》，《唐宋传奇集》之类。一天，我在泰东遇见一位老先生进来问有鲁迅的书没有，我立刻便想起关于鲁迅及其著作中的那一篇《撰译书录》来了。唉，唉，唉，怕敢想下去。

但我不反对收集民间文学，所以《古史辨》的著者的这一部分工作，我是喜欢的。中国文学留存在书本上的，大抵都是民间文学或准民间文学。诗，辞，乐府固不用说，元代的戏曲小说又何尝不是如此？若夫本色的文人的作品，则大抵官气十足，离艺术很远。所以正不妨说，中国所有过的文学只有民间文学而已。其没有写在书本上的，现在便收集了来从头写起，正是一件需要的事。

可惜近年看见过的歌谣之类，好的仍然是很少。故事之类又没有多看见。中国的民间文学大抵都是很直率的。这却真不免可叹。至于士宦化的民间文学，则更令人欲呕吐了。收集民间文学的，我以为士宦化的那一部分是可以无须朝理的。

所谓罗曼派文学者，其实不过是民间文学化的文学而已。民间文学的收集，对于中国文学建设的贡献，将不亚于外国文学的翻译。文学以外的益处还有，现在却不多说了。

再则，要收集较好的民间文学，怕还得到民间去才行，所以士气太重的人，连做这一项工作都不很合适。

10，11，1926。

时代的命运

我是非常希望鲁迅先生到我们新时代来的，鲁迅先生也可以说是非常希望我到旧时代去的。不妨说，我们是曾经过一个思想上的战斗时期的，他的战略是“暗示”，我的战略是“同情”。现在这个时期算是过去了，而且我们都失败了。鲁迅先生已不着言语而敲了旧时代的丧钟。但我仍然希望鲁迅先生严守着艺术上的旧时代的阵地，为中国，为朋友，我都在非常地这样希望着。

这也许是没法的事吧：傍彷的悲哀与绝灭。然而，正如托罗斯基批评勃洛克的话，他向着我们这边突进了，突进而失伤了！

我用最忠实的友谊希望鲁迅先生保守着“孤独者”的尊严，写一部《死灵》出来，这在艺术上仍然是极重要的事。我对于鲁迅先生曾献过最大的让步，不只是思想上，而且是生活上，但这对于他才终于没有益处，这倒是我最大的遗憾呢！

这也可以说是我最后斟给鲁迅先生的一杯苦酒吧！

9，11，1926。

琐记两则

1

我们不用经济学的眼光，而用生物学的眼光去看自然派的作品时，毕竟是很有意义的。如“莫泊三的诗”，肉的歌颂，毕竟是鲜美而生动而富于朝气的艺术品。用经济学的眼光去看自然派的作品，当然是资产阶级的艺术，与俄国的带着无产阶级的倾向的现实派比较，我们觉着俄国的艺术较近于人生。但俄国的艺术也同样缺乏自然派所具的那种生物的美的质素。

中国的艺术在过去的，在将来的倾向上，无疑地要带着不少俄国的色彩，但并不是意识地模仿俄国的作品，而是与俄国有相同的环境。纯然自然派的作品，在中国还没有看见过，或者将来也不会有的。但是，这生物的美，在中国将来的艺术上，我想仍然是要显现的，这便是因为中国的环境与自然派所自出的环境也有相同点的缘故。

无论如何，我恋中国的地，我无论如何讨厌中国的士人，然而我终爱中国的农民，工人与兵士，我无论如何反对中国的国故，然我知道中国的科学运动必将起来，我无论如何讨厌《新青年》时期的遗老与遗少，然我知中国的青年朋友必将成为世界的人。

2

《新青年》杂志所发表过的诗，以周作人之《小河》为最好，可以说是《新青年》时期的代表作品之一，其他，《扫雪的人》诸篇，也还好，以其中具有人类的感情故也。惜乎创造社批评家未能认识，而作者以后也便不再写诗，实为《新青年》时期文学运动的损失之一。

田汉的《咖啡店之一夜》，已隔数年未看，但留在现在的印象，还是一篇富于同情的作品，将来得再读时，再详细批评。又张闻天的《青春的梦》，也是有新倾向的作品，不知作者以后何以未有续作也。

大抵《新青年》初期的文学运动，有一极好的倾向，即人类的感情是也。可惜这种感情未得发展而成洪流，遂被国民文学所代替。然国民文学而无人类的感情，则变态而成为士人文学，中国处于二十世纪，与十九世纪欧洲的环境不同。如从事国民文学的建设，而忽略了人类的感情，则必成为中国的文学而无世界的文学之价值。反之，十九世纪初期欧洲之国民文学运动，则固世界的运动也。呜呼，士气不除，中国文学之建设者乎，无论如何衿夸，亦只成为一国的文学而已！

目前的新文学运动，有一极好的倾向者，即人类的感情已渐澎涨，而士气渐消而将至于无者是也。《沉钟》，《广州文学》，《白露》，都有相同的倾向，这是很可为中国新文学运动祝福的呢！

狂飙社作品之已有单行本者，如《飘渺的梦》中之《六封书》，《荆棘》中之《火腿先生在人海中的奔走》，都是极显明的代表这种倾向的作品。《荆棘》中《我的情人》一篇，则又富于动的美，在技巧上则又为另一方面新倾向。《心的探险》一书，则又有利他的情感，无产阶级的倾向，与悲愤的阿尔志巴绥夫式的思想。若夫其中所含技巧上的新倾向，则暂置不谈。

我所惟一希望于已成名之作者，则彼等如无赏鉴青年艺术运动的特识，而亦无帮助青年艺术运动之雅量者，至少亦希望彼等勿挟其历史的势力，而倒卧在青年的脚下以行其绊脚石式的开倒车的狡计，亦勿一面介绍外国作品，一面则蝎子撩尾以中伤青年作者的豪兴也！

呜呼，《现代评论》化的《莽原》半月刊的灰色的态度！

北京朋友来信说，未名社对于我们的质问，听说不答覆了。呜呼，《现代评论》化的《莽原》半月刊的灰色的态度！我们的《莽原》周刊已经死了，我们的《莽原》周刊实不曾有过这样态度！

我本来也知道他们未必能答覆的。第一，他们找不到说话的理由。第二，诚恳地认错，他们没有这样精神。然我却是希望他们答覆的，希望他们好。

张定璜先生近为《莽原》译《罗兰传》，是极有意义的一件工作。我希望未名社诸君自己也常看看这篇译文，去接触罗兰的精神。不要以为只是应应景儿，装点门面，如其那样，便不特对不住罗兰，也对不住作者，也对不住译者了！

去年我们办《莽原》的时候，鲁迅便说，再过一百年也还是这样，这里有《莽原》，那里有《现代评论》。但鲁迅只知其一，不知其二。事实是相对的，而不是绝对的，刚过了一年吧，这里的《狂飙》便代替了《莽原》，那里的《莽原》却学起《现代评论》来了！

未名社诸君的创作力，我们是知道的，在目前是并不十分丰富。所以，《莽原》自然要偏重介绍的工作了。这也是好的，但这实际上也便是未名半月刊了。如仍用《莽原》的名义，便不免有假冒的嫌疑。得了，由他去吧！

呜呼，去年写“联合战线”的丛芜呵，你的精神那里去了？你焚毁了“联合战线”，连你写时的精神也一并焚毁了吗？

呜呼，劝我“勿妥协”的静农呵，你而今竟自己妥协了！

呜呼，霁野，素园，我们的青年叛徒的友伴们！

让我再高唱几句《闪光》吧：——

当战士死了时，

战场便回复了原来的荒凉。

荒地里，

埋着我的尸身，

开垦者来时，

青青之麦呵，

那都是我的化身。

狂风里，

挟着我的悲凄，

号着，号着，

它响遍了大地。

17，11，1926

晴天的话

今天看到第一〇四期的《语丝》，又回头看了几期《狂飙》，我悲哀而且失笑了。我是力求镇静的一人，然而每苦于不能镇静。不镇静是不能做出艺术作品。而且也不能做出好的思想文字，更无论乎批评工作。近来精神颓丧，以致《时代的姿势》终于还没有动手，若再加别的纠葛，将更无去做的希望了。我实在不愿意走这条逆路。

冷箭也罢，幽默也罢，当事人还不是一目了然？然而从这里是建设不起什么来的，结果总之是两败俱伤。在《新青年》杂志时期，岂明提倡人的文学，态度平静而光明。“小河”一诗，仍然是那个时期的一篇代表作品，我前几天也已说到了。但以后也便再没有那样作品了，这是什么缘故呢？我以为感情与理智，热狂与冷静，其实是一件事。在我的经验上也是如此的。思想上的混乱时期已有很几年了，我以为现在最好是能够结止一下，另开始一个自由批评，自由创作的时期，较有益些。但这必须大家都以坦白的心相见，一方面是不能负责任的。我在第一次的《狂飙》时期，便做过这个好梦。到了《莽原》时期，我仍然做过这个好梦。再到以后，我有时仍然做着这个好梦。我想，如果这个好梦能够实现时，对于中国是极有益的事。但是事实都不让我实现这个好梦去，而我看见的于是便都是“噩梦”，而我也便不得不成为梦中人了。

这里所谓噩梦者，我对于这个是很抱悲观的。我从经济学的研究上知道这是阶级斗争了。但不是资产阶级与无产阶级的斗争，而是资产阶级的自相斗争。这证明思想是有阶级性的。我好久都不愿意说出这个来，而常想找一些方法去救济。但想出的方法仍然不外乎：一，从事科学，艺术，思想工作的人保持住孤独者的地位如俄国“空人”那样者；二，更好的是便自认是一工人，且逐渐去做了实际的工人。这至少也是士人的自救运动，是光明的运动。在科学上，艺术上，思想上，都会有好的成绩做出来。狂飙社的朋友们至少也都是倾向这两条路的。但这里也便又有了不幸，便是这样遇到外面的压迫时，便每不免以另样更偏激的阶级斗争的态度去应付了。我想冷静一点的读者大概还可以看见这种倾向吧。

我曾经自己说过我是一个游离者，然而想完全避免了经济的支配，毕竟是不可能的。我在经验上每次使用同情，几乎是每次失败。或者人们也都不免感触到这样悲哭，则人类的互相了解真难，而经济的权威真可怕了。然这也可知人类都是弱者，又何不楚囚对泣，泣罢而结合起来一同建设一种较好的生活去呢？然而这毕竟是太理想了。

过着较舒服的生活的人对于较困苦的，较牺牲的人们总可以表示些同情与帮助，这总该是有思想者所能做到的事吧。然而何以连这一点都也成为华美的好梦呢？何以也时常遇到相反的事实呢？何以这遇到的又常是使人凄苦，使人几乎绝望的事实呢？

中国提倡文学的人，大抵都偏爱俄国文学，这自然是极好的事，然而陀斯妥夫斯基的同情何以又每难于表现在作品上呢？这怕不是几个作者所能负的责任吧？这怕是大家都有错吧？

总之，我所希望于从事思想工作的朋友们者，大家都宽容一些，思想上的冲突自然是免不了的，但总要维持着思想上的德谟克拉西的精神，大家都诉之于自由批评。我们大家的思想总还是有相同点的：如建设科学，建设艺术，乃至反抗传统思想。在介绍罗兰思想的现在，我希望大家能够接受点罗兰的精神。在介绍弥爱的现在，我希望大家都保持点骆驼的精神。

冷静是一件不容易的事，但岂明先生毕竟是一个比较能够冷静的人，而且是主张宽容的人。

我们的今年是可以开始一个自由批评的时期了。时代常在变化着，常在进步着。提倡了好久的科学，我们现在才开始抱着牺牲的精神去建设，我们希望同时代的人们给与我们帮助，或给与我们指摘，但不希望给与我们敌视。

18，11，1928

《语丝》索隐

第一百〇四期《语丝》有“南北”一文，中有数处，读者不知其内情。我以最忠诚的态度，为人类计，为中国计，为思想界计，谨为索隐如下。

“疑威将军”者，岂明之“自画自赞”也。

“不，先生”亦岂明自谓，以其好喝醋也。

“挑剔风潮”者，亦岂明之自述，而为酋长思想之表现也。如其我的索隐不对，请岂明先生本其民主思想提出驳论，我必谢罪。以一月为限，过期不候。

公理与正义的谈话

公理：去年彼等曾拥护我等，而被诬为挑剔风潮。今年彼等乃排斥我等而将挑剔风潮了。

正义：唉，唉，唉，又一《现代评论》也！

公理：彼等在出版界的历史上颇有价值，今若堕落，未免可惜。

正义：我深望彼等觉悟，但恐不容易吧！

公理：我即以其人之道反诸其人之身。

正义：我来写《光明日记》——

不再吃人的老人或者还有？救救老人!!!

请大家认清界限

今日思想上的冲突是科学和玄学的冲突，新旧艺术的冲突，是幽默与批评的冲突，并无其他意义。

人本来没有好坏，只因环境不同，时代不同，所以思想也便不同了。如诉之自由批评，则是。如党同伐异，则必闹到不可开交。自由批评是思想上的德谟克拉西的精神的表现。

大抵旧的思想遇到新的思想时，旧的思想常变为“知其故而不能言其理”，其实已不成其为思想了。到“知其故而不能言其理”时，用了别的方法来排斥新的思想，那便是所谓开倒车，如林琴南，章士钊之所为是也。我们希望《新青年》时代的思想家不要再学他们去。

19，11，1926

与岂明谈道

我承认周作人是少微闻过些道的，但那是《新青年》时代的启明，是《语丝》前期的开明，而不是现在的岂明。现在的岂明，已经有些杂毛老道的色彩了。

岂明说，南方人闻道在先，北方人是酋长思想。我不知道这是根据什么逻辑的，这只能说是根据了南北逻辑吧！然而，在中国古代的绘画上，乃至拳术上，是有南派北派之分的，若在逻辑则不能分出这样派别来。所以南北逻辑者，即非逻辑也。

吾人之所谓南北者，犹之乎欧洲之所谓南欧北欧也，除地理上之区别外，别无其他意义。岂明能谓北欧艺术家如易卜生，托尔斯泰，斯特林堡的思想都是酋长思想吗？岂明能谓俄国人的思想都是酋长思想，而今日的苏俄换言之亦即酋俄吗？

岂明所谓民主思想者是什么？凡赞成岂明的便都是民主思想，凡反对岂明的便都是酋长思想吗？然则岂明的思想乃真的酋长思想，而岂明的逻辑乃仍然是党同伐异式的小我逻辑也！岂明所提倡的宽容，现在又存放在那里去了？这宽容，难道已尽量用之于赞成自己的人们，而且已经用完了吗？吾人虽不谈宽容，然闻道之岂明，能否本其民主思想来同我们一较量宽容否吗？

我亦民主思想者，然非如岂明坐在绅士的书斋里过着舒服的生活而做和平的空梦之民主思想也。如我今日而处岂明之地位者，则这一点惠外的小便宜，我早弃之如遗矣！我的民主思想，是全人类的民主，不是一国的民主，不是一国中人类的民主，不是少数特殊阶级的民主，岂明对此，真如小巫之见大巫矣，还谈什么道？

岂明去年便常说，如何宽容反叛的孩子。在进化上，在思想上，孩子是人类的父亲，我亦曾在《弦上》某期以此言折之矣。岂明不谈道则已，则我们都是人类，岂明若一谈道，则我以矛刺盾，我委实是老人的爸爸呢！岂明也知道孙文先生，吴稚晖先生，都不是空口谈道的人吗？然此两人在思想上，在行为上，固都是岂明的爸爸也！岂明亦曾经赞美过孙文先生，难道那只是因为他老了，而且死了，而才赞美他吗？则这真是秀才人情纸半张，而亦杂毛老道之道也已！

岂明空谈宽容，而实不能实行宽容，岂明空谈民主，而实没有看见过人类的痛苦，呜呼！宽容民主之谓何？

岂明赞美《十二个》，而意在言外则蔑弃中国之创作。岂明也曾做过批评，难道连艺术是时代的产物都不知道吗？《十二个》在当时之俄国，已非新时代的作品，特罗斯基亦既言之矣！岂明赞美外国作品，其别一意义，则借之以否定中国现在之作品，呜呼，何其器量之小而不闻批评之大道呢？然而我亦曾赞美岂明之《钢枪趣味》一文矣！呜呼，谁是真能宽容的人，岂明乎，我者？

我看岂明的思想，则通俗的水平线上的思想也。我也曾想批评过，为一般读者较明白地了解故。然而岂明自谓老人，而无老人之宽大，乃有婢妾之嫉妒，对于我等青年创作，青年思想，则绝口不提，提则又出以言外的讥刺。呜呼，如使此宽大为老人所有之美德者，则谁是老人，岂明乎，我者？

相对地说今年的《兰生弟日记》。等于去年的《玉君》。岂明去年为反对《玉君》的一人，对于今年的《玉君》又持什么态度呢？如不能认识，则赞成我去年之评《玉君》，也便该赞成我今年之评《兰生弟日记》。如知而不说。则何以对得住为其朋友之徐祖正先生呢？群众之赞美，有时实足以拉未成功之艺术家下水，是很危险的一事。岂明难道不知道弥爱之平民图画是何由而作的吗？吾人所希望于从事艺术工作之国人者，是希望其能满足一般人的嗜好便算了事，还是希望其产生一二伟大的作品以为中国人亦为人类进其相当的贡献呢？呜呼，岂明不要装糊涂了吧！

岂明曾谓他人无看中国书之资格，而自己则有之。不，这是傲慢！人类都一样，岂明也没有看中国书的资格！岂明思想之不进步，或即其看中国书为之障也！岂明如还想主张宽容吗？还想发挥其民主思想吗？那末，我不特不希望岂明少看中国书，而且还得少看十九世纪的外国书，而须看二十世纪的外国书，而且也不妨说，还须看我们青年的出版物，如《沉钟》，《广州文学》，《飞霞》，《莽原》，乃至我们的这个《狂飙》。

如何提倡世界语

世界语运动在今日的中国，颇有复兴的趋势，上海有胡愈之诸君办函授学社，鲁彦从事世界语中文艺的译述。

世界语的精神为人类大和平之理想，盖具宗教的美质而无其缺点者也。中国连年战争，若体现此种精神，由世界语学者联合而组织一绿十字军，从事于伤兵之救济，对世界语之传播，想比托诸文字者更为有效。

在最近的中国，能否有一短期的和平时期出现，是难于预料的事。但在可能的范围内，世界语学者起而作一种倾向和平的工作，倾向利他的工作，则极有价值。中国人自利思想太重，利他精神尚未抬头而已若被打击者。所以我希望世界语精神的传布来救救这一种危厄。

《父与子》

都盖纳夫的作品译出的已有几种。人们所欢喜看的大抵是《前夜》与《新时代》，而《父与子》好像没有得到什么反应。但此后也许这本小说要被人们所欢迎了？耿济之的译本很不好，但既别无善本，也仍然是可以拿来一读的。

大家当然多知道都盖纳夫是善于把握时代的姿势的艺术家，他受人欢迎的理由是这个，《父与子》将受中国人欢迎的理由也仍然是这个。

我自己对于都盖纳夫的作品，是凡看过的都是爱看的。

近来光华书局出版的《胜利的恋歌》，译文也很好，但听说买的人并不多。

1，12，1926，在西湖。

历史即神话

我看历史，如看神话。我想将来会有这样一个时代到来的，那时的人们看历史，都如看神话。

人是属于自然的，而历史却不妨说是属于人的。当然了，人更不是属于历史的了。

民国六年的时候，我同一个朋友谈起英雄主义，我是竭力反对英雄的。他说："如反对英雄，必须把所有历史都烧掉才行。"我反问道："原初本没有历史，英雄又是从那里出来的呢？"我的朋友没话说了。这是一个曹操主义者，但是他在民国七年便抱着英雄的好梦死了。但是，曹操主义不死，我直到去年，还见有思想很好的朋友们宣传其曹操主义。

迷信历史的，都将与历史共分其死灭的命运。认识现代的，才是真的现代人。什么是现代呢？这是二十世纪的现代，是科学复兴的现代，是无产阶级从事自救并救全人类的现代，是自然将开发其最大的宝藏以供应人类之享用的现代。是别无什么差别而大家都是人的现代。

“长虹给他母亲的一封信”

去年我在《东方杂志》上看见张闻天的这篇小说，我觉着这正像我数年前写给我母亲的一封信似的。这可知所谓文字者，完全是环境和时代的产物，没有所谓个性那么一回事。

还是去年，张君也给《莽原》投过稿，编者不愿意发表。我因尊重编者独立的意见，没有说话，然我以为张君的文字是可以发表的。

有些人们以为反抗家庭便是不爱母亲，然而有一些反抗家庭的人却正是爱母亲，而且因这爱还感到更多的痛苦。惟其因为有更多的爱，更多的痛苦，而独不迟疑，犹不畏怯，所以正是能演悲剧的人。我再不妨举苏菲亚出来作一例证，试问：她不是最爱她的母亲的一人吗？

不爱母亲的人也便不能爱人类。不爱人类的人也便不能牺牲自己。我愿有一些人们自以为是不及，而不要反以为是过之，我自然更希望他们能够过之。

与评梅论悲剧

悲剧不是普通所说的悲哀。便是以最普通的话去说明悲剧，那不也是要出于主翁之自由意志的吗？

古代的中国人如屈原者，是一个能演悲剧的人。近代的中国人如孙文者，是一个能演悲剧的人。这样人委实是很少。能演悲剧的人必是超时代的。

自谓愿演悲剧的朋友们不妨看一看艺术作品上的悲剧，译出的如：《强盗》，《汉姆列特》，《琪珴康陶》，乃至《莎乐美》。而且悲剧也不是愿演，而是不得不演，并不愿演，而却要去演。

人们能演喜剧，能演问题剧，乃至能演滑稽剧，但能演悲剧的却不多有。

再则，悲剧也不是没有时代性的，如《汉姆列特》便不同于《琪珴康陶》。二十世纪的悲剧将要从失败中求胜利，这看了表现派的作品便不难知道。再往上溯，则歌德的《浮士德》便是把这样精神最先体现出的十九世纪的伟大的作品。

再则，所谓写实派小说中所能收入的主人翁，都没有演悲剧的希望。

我默祝中国的男女同胞能够多有一些有勇气去演悲剧，但是，要去做悲剧中的主人翁，而不是去做悲剧中的丑角。

领袖主义

近来又有人宣传领袖主义了！我看了真不免头痛呢！唉！唉！唉！

二十世纪果真只是一个领袖主义的时代吗？甘地果真是一个领袖主义者吗？甘地同莫索利尼除做领袖之外究竟还有没有分别？

唉！唉！"青年！""青年！"人们把青年当做一个器具是可以随便使用的！青年果真是一个器具吗？如果是时，那我们便是要听"自然"去使用，却不听什么人去使用！是这样——人都是器具，都是听"自然"去使用的器具！我们大家都一样，谁也不要做领袖的空梦了吧！

到莫索利尼失败时，他们将要说："吭，时代原来又变了！"

中国所以倒霉，正是因为这领袖主义在作怪。然也一样的，中国的领袖主义者在过去都失败了。谁做领袖，谁便失败，这是中国的一个极好的趋势。

现在的那些领袖主义者都将去证实这一个趋势。

《十字街头》答萍水

我有几句骂蒋光赤的话，都是借用他自己的，在骂人上，我不轻易创作。

蒋光赤君的诗，我看过很多，而且看过很几次。我并不是看过一二首诗便批评其全部。我老实说：他的诗不是诗，更无论乎革命诗。

我没有跟什么人得意过，我也不嫉妒什么人。我对于蒋君所说的话，如其他是我的一个好朋友时，我也仍然是那样说。

如蒋君不以为然，我希望他自己出来为自己辨护。知我的话说错时，我一定会认错的，我以为蒋君译一些俄国作品出来比较好些。

《少年维特之烦恼》和《强盗》的比较及其他

这两部巨著，究竟那一部是更伟大的呢？曰：《少年维特之烦恼》更伟大。因为这里是利他的感情，而《强盗》是个人的感情。《强盗》是崇高的塔时，那末，别一部便是汪洋的海。

我们现在需要真正的个人思想，更需要真正的利他思想。当这两种思想没有建设起来之前，谈民主固然是书斋里的空想，介绍罗兰也不免只成为纸上的工作。中国人还大抵被家庭式的小个人主义在支配着呢！

唉，唉，中国人！还是来介绍一些外国的思想，而且认真地分析一些外国的思想吧，别关住门子做小偶像的空梦了！

唉，唉，中国人！从家庭解放出来，现出真正的个人身自爱而且爱他吧，别再装糊涂，睡在大门道里做皇帝，自误而且误人了！

饭颗山头逢杜甫

我并不想复辟，也不是要主张文学上的古典主义，请读者不要误会。

我在康庄碰见康有为了。一个七十多岁还很健壮的老人，身穿着紫绸长袍，头戴瓜皮小帽，手拄龙头拐杖。只是脚踏一双破鞋，因此我便同情于他了。我后悔不该在《十字街头》骂他。可是，我又说回来了，他也不该在工厂的隔壁办什么天游学院。

从前看见康有为的古诗做得比杜甫好，而他却极佩服杜甫，盖忠君爱国之至意也。散文比他的诗更好。他是一个想像力很丰富的人，如不是礼教吃了他，或者晚生三十年，他说不定便是我们的 Hugo 呢。唉，我第一次知道有 Goethe，还是从《不忍》杂志上见的，一个小小的像，高鼻梁，鹰眼，发球上戴着一枝花，像个浪荡子，下署德国诗人鸩鹅，这个名字译得也很有趣，那位诗人真像是一只鸟儿。

唉，康先生又何必那样阔绰呢？依卖字为生，能够维持一个普通人的生活，绝口不谈国事。遇机会时，也不妨来一次叩马而谏，自然还会有人说："此义人也！"又要什么庄，又要那么华丽的陈设做甚？

康先生对于实际生活上的贡献，时间性较少的，那还是他写的那一笔蛇体字吧。不但各处多有他写的字，而且青年朋友们的笔下也有不少的似蛇非蛇的蛇。

我在少年时期初见《大同书》的时候，何尝不以为是一些高华的理想呢？然而仔细分析一下，则那只是古典加空想而已。正如章太炎的思想是古典的。孙文的思想是实际加空想。吴稚晖的思想是科学加空想。所以后两位先生的思想便进步多了，因为没有古典那一个质素了。

我有时也想找康先生谈谈天。然而新的当然谈不来，旧的也当然谈不来，所以只可不谈。这也可以知道并不是我们菲薄古人，委实是没得法，虽然是同国人，委实是像异国人，像言语不相通的异国人，咫尺天涯，对面不相逢。

得了，我没有到过饭颗山头，我也没有遇见过杜甫。

我在“十字街头”贴招子

我的朋友汉年在“十字街头”演说，说得溜了嘴，于是说出《狂飙》是我的个性的表现了。汉年以外，我还有朋友，而与《狂飙》有关系的朋友听了这话尤其不高兴。读者也说不定以为我在那里做鬼，故不可以不贴招子。

我没有个性，我是自然界的一架机器。现在这架机器所担任的工作是编辑《狂飙》及为《狂飙》撰稿。为《狂飙》撰稿的朋友现在是有十几个人，我是其中的一人，不但朋其的小说，仲平的诗，不是我的个性的表现，委实连我自己胡写的文字，也是有东西在指使着的，而我则是被动的。

当我听到这个演说的时候，我便插过嘲说：“使不得！”但一言既出，驷马难追，所以也无法了。现在因为或然的事实的需要，终于还不得不来贴招子，望我的朋友们都不要生气。

29，11，1926。

一个二十九岁的青年同一个三十岁的青年攀谈

郁达夫说，自己已满三十岁，正在危险的时期了，所以这个未满二十九岁的我，也许还有资格同达夫来攀谈几句。但我并不是来骂达夫，反增人家的哀感，请达夫放心。我现在仍用《狂飙》初生时同达夫初识时期的朋友的态度，同达夫来谈几句家常话。

达夫自己说过，《银灰色的死》是自己作品中最好的一篇，这是对而又对的话。这是一篇有象征的意义的作品，象征《新青年》时代的死灭。也象征那个时代的新士人阶级的死灭。达夫最好的作品还是他最先写出的一篇作品，这也可以知道自己也不免有些太银灰色了。

达夫生长在士人的家庭，少爷的气息没有脱尽，这是艺术的大障碍，达夫喊穷的时候，我们正觉得那还是可望而不可即，而且我们是不愿意去流连的富人生活呢。

达夫的穷，正是一个少爷的穷，而不是一般青年的穷，更不是一般中国人的穷。这使达夫不能够对于我们的时代有很多的贡献。

然而达夫还时常要发少爷的脾气，好像还以为除自己以外的青年们都不中用，于是而自己乃俨然像一老人。所谓衰老者，我们当然可以分作两面看。一者呢，自叹无力而感情神上痛苦的衰老，这自然也是人情之当然。但一面呢，这个老人便时常成为名流，学士，大师，权威者，落伍者，开倒车者，等异名而同意的名词的代名词，这便真是危险了。所以衰老之感或者不妨有，但自命老人则是断乎不可的事。

我现在再说一句太爽直的话，达夫可不可以把这些银灰色的附属物一刀斩断了呢？唉，唉，唉，我又得来替我自己辩护几句，我没有过一次想斩断过谁的生命。我们的古诗人不是也曾有名句："抽刀断水水更流"吗？也无须再征引柏格森的哲学了。唉，唉——我又得——我不是自己也说过哲学从来便是说谎吗？但那并不是这种意义，并不是我自相矛盾。

我们都是时常感到过去没有好的作品的，但是毕竟有未来，所以也正无须悲观。国外的作者的好作品，也大抵是三十岁以后才写出的。三十岁不是一个危险的时期，反之倒是一个盛壮的时期呢。得了，我不再废话了，让我们一同发一次不驯的脾气叫吧：到盛壮去！

5，12，1926。

自画自赞，自广告

今年夏天，我卖给《小说月报》几篇稿子，都是超于精心结撰之作品。已发表的有，《一个神秘的悲剧》，《震动的一环》，《草书纪年》，《给——》。喜欢我的文字的朋友们不妨买来看看。这几篇文字，又已收入《光与热》，大概快出版了。《给——》是我的一些情诗，收入《心的探险》的已有几首，现在仍继续在《狂飙》上发表，将来想出一专集，也说不定。《小说月报》所未发表的，还有一首长诗《死的舞曲》，是我最爱见的一个作品，大概也快要发表出来了。《小说月报》是做过一部分次要的工作的：介绍一些世界的作品到中国来。但主要的工作，即也贡献一些世界的作品到世界去，却是从发表我的文字起才开始的。我受人们的闲气也受够了，所以现在不妨遵照某先生的赠言来自画自赞。而且也不妨来自广告。

又，已出版的《心的探险》一书，也并非如以虚无为实有云云者，此鲁迅批评其自己的《野草》也。反之，这里的却是现实的，也是时代的，也是未来的，也不妨说是“永久的”。也是我自作自编的，并非如坊间所传由何人所选定者。鲁迅倒同我商量过说想去掉几篇，我因无大关系，所以便由他去。去掉的有几篇是他所不能领会的作品，也有几篇是不好的，我是实行——并非主张——宽容的人，当然无甚不满意。况且去掉的好作品我仍可以收到别处去。

新时代的消息

像是好久了没有看见新出的《广州文学》同《飞霞》，这使我感到寂寞。但是由北新书局来的消息，把这种寂寞解救了。

《沉钟》诚然是新时代的纯文艺刊物之一，但这所谓纯文艺者，是纯然是文艺的意义，并非如国民文学或纯文学那样的所谓纯。《沉钟》之外也还有纯文艺的刊物，如我屡次说过的《白露》，《广州文学》，《飞霞》都是的。所以如北新广告所说“只有《沉钟》是纯文艺的刊物”者，适成其为纯广告而已。

还是来说新消息：《沉钟丛刊》十五种要在一年以内出版了。有创作，也有翻译，这真是对于时代的一些极好的贡献。近几年来，翻译同创作不免有水火的痕迹。而有人又颇有借翻译来压迫创作的气焰。在我们看来，翻译重要，但创作更重要，而翻译仍然重要。我们要读外国作品，我们也要读翻译，但是读便还它读，而并不去模仿。

而且，刘半农也来翻译法国短篇小说了，这倒可以说是继续《新青年》时代的工作，也是我们所表示欢迎的。但我们也不妨再提出一点建议，以备刘先生的采纳，那便是：多翻译代表作者的代表作品。再则，那一种态度也是不应该有的，那便又是：只有法国的短篇小说重要，或只有这些是合适当教本用的。其实，俄国的作品也可当做教本的，而且我以为还较好些。

前些时我曾提议过《小说月报》再来做翻译，介绍的工作。现在阔大了范围，我希望岂明也来再继续这个工作，这也是他成绩上很好的一种工作呢。

由太戈尔而至《雨天的书》

正想讲讲太戈尔，恰好又随便翻到“大人之危害及其他”了。

正如人们所说，中国人很少不捧不伐的批评派。那一年对于太戈尔也是这样的。我对于太戈尔的学说是持反对的态度，但我喜欢他的艺术作品，但又并非谓除太戈尔外天下没有好作品，亦非谓天下没有比太戈尔再好的诗人。我读太戈尔的作品正如读印度的预言，又正如读二十世纪初年的欧洲作品。那是印度的代表作品，是有世界的时代的意义的作品，是在历史上有所谓永久的价值的作品。

前几天在报纸上见说太戈尔也要到俄国去了，而且也赞美俄国。这在中国人听了倒很奇怪，其实不的，罗兰也相当地赞美过俄国。再则，罗兰也赞美过太戈尔，而也赞美甘地。

近来我有最不大愿意排演“恩怨缘”了，所以颇想批评一些世界作品，如不为中国小个人思想所容纳的托尔斯泰的作品同这个不适于中国人政治趣味的太戈尔的作品。可是我又觉得太远于时代了，不如批评几本中国人即同国人的作品较为实用。

得了，我还是来批评中国书吧：我以为《雨天的书》的著者对于太戈尔的态度是对的，别一方面，我还要借用几句在这里，不妨请大家注意一些：——

> ……中国人非常自大，却又非常自轻，觉得自己只是感情的，没有一点理智与意志，一遇见外面的风浪，便要站立不住，非随波逐流而去不可。我不是中国的国粹派，但不相信中国人会得如此不堪，如此可怜地软弱，我只是反对地觉得中国人太顽固，不易受别人的影响。倘若信如大家所说，中国遇见一点异分子便要‘隔遇它向上的机会’，那么这种国民便已完全地失了独立的资格，只配去做奴隶，更怨不得别人。中国人到底是那一种人，请大家自己去定罢。

青年作者将是世界作者

如其我的一些批评文字有被人误会，或竟被人用为“挑拨”的口实者，那就是“世界的”这一个观念害了我。

我很希望旧时代的朋友们也到新时代来，而且我也已经且仍将做这一项工作，但这只是我自己的一种工作。我的工作之一还有，我报告新时代的消息到旧时代去：青年作者将是世界作者了！我的工作之一还有，将报告中国的消息到世界去：中国作者的世界作者了！我的工作之一还有，我要报告真确的消息给或然的在怀疑或失望的苦闷中的青年朋友们：我们将是世界作者了！

我们的性生活

有一些过着小康生活的朋友，宣传淫欲，而谬托为科学艺术者，见有人反对，反以为是道学气。我真不明白这些人何以连科学艺术是为人类而工作，而不是为过着特殊生活的少数人而娱乐这些粗浅的道理都不明白。谁能够找出一个真正的艺术家只是为少数人所可私有的呢？

人们也还有不少是口头谈德摩克拉西的，然而他们谈到艺术科学的时候，他们偏把德摩克拉西忘掉了。他们好像觉着人类所过的生活都同他们一样，所以他们的生活便是人类的代表生活。合适于他们的生活的也便是合适于人类生活的，所以他们谈的是科学，他们写的是艺术，而且他们的思想是德摩克拉西的思想，反对他们的便是非科学，非艺术，反德摩克拉西的思想。唉唉，所以徐旭生说得正对，中国需要的是逻辑，逻辑，逻辑呢！

翻出新诗人们挂情诗来诵读一番吧！为什么这些都是幻想的，破灭的，悲哀的，愤怒的，这些由时代的代表者所唱出来的？

第三期的《广州文学》，唉唉，让我再说一次南方吧，南方色彩很浓厚的艳丽的情歌，《浪花与姑娘》中的诗人唱了：——

姑娘哟！
少女哟！
趁你们的腻唇还在鲜红，
趁你们的媚笑浴在春风，
狂爱罢，
狂爱罢，
莫辜负了痴心的少年男子，
莫辜负了你们的双瞳！

唉，唉，狂爱罢，狂爱罢，可是那些姑娘少女们都那里去了？她们倒正有的是愿演悲剧，而且抱着永久的恋爱的理想的人呢！可是，我们没有看见过唱出狂爱之歌的女诗人来，她们得到了爱而失掉了狂，她们活埋在小康的生活中而听不见我们的诗人的颂祝，唉唉，她们正在演着恋爱的悲剧，是的，是真而又真的恋爱的悲剧呢！于是，诗人又唱了：——

你们的青瞳呀，
像闪闪的金鳞荡漾，
荡漾在，
斜阳眷恋着的涟漪！
我是在你们面前踱走着的乞丐，
我是在你们面前轻拂过的微飏！
唉唉，是永不会得到少女之悦爱的是，
是人人憎恶，鄙弃而嘲笑行尸！

这是一首美丽的情歌，但这里没有唐农遁作品中那样的美。我们的诗人在这里是不负责任的。这是要时代去负责任，中国去负责任。那些少女姑娘们口谈爱情，目送名利，她们也在唱着她们自己的歌，但那并不是情歌，而是：——

我们爱名利，
爱安康，

我们是锦绣的衣裳，

要装在绅士的衣架上，

我们的富丽的嘴唇呵，

是要颂祝宝石，金钢钻，

你嫉妒的诗人们呵，

你想吃天鹅肉的癞虾蟆呵，

你们发狂的狂人们呵，

犹自叫什么少女与姑娘！

我走出了化石的世界，待我吹送些新鲜的温热进来！

鲁迅近来在几个定期刊物上给《狂飙》及我个人大登其反广告，我真不明白一个人的思想何以有时竟混乱到这步天地。我对鲁迅是从始至终不得不以同情相与的，虽我有时忍不住气也不免要攻击他一些。我决不是“严霜”宁可以说是新的“热风”，这倒是鲁迅心里一概明白的。只是彷徨者有时便不免变成完全的黑暗，不是彷徨于艺术的明暗之间，而竟至彷徨于艺术与名利的明暗之间了。这其实是我已有预感的，我所以开始攻击他者，正是想预先给他一种警告。

我始终是最明白鲁迅，而且是最同情于鲁迅的一人，我知道他有时发昏，但毕竟有时还可以觉醒。鲁迅用启事所做成的，将来总有一天要用眼泪去洗掉。

鲁迅有时竟不免退居到无灵魂的世界，唉，唉，这个自命为中国的灵魂的发掘者！他有时倒真能够认识真的灵魂，但有时又不免敌视这灵魂了！鲁迅一生充满了矛盾，羡慕新的时代，而又不毅然走进新的时代，厌恶旧的时代，而又不毅然退出旧的时代。他有时竟又帮助了旧的时代来袭击新的时代了，然而他却忘记了他没有这样力量。《狂飙》是住在科学与艺术的世界的，区区一纸启事，虽可以淆乱一时的耳目，久后大家都会明白的。

全平有一次对我说，我对于鲁迅与郭沫若的批评不免感情作用，我是不得不相当地承认这话的。虽然也因为沫若是健者，不妨直言，鲁迅颇有衰老之感，所以常给他一些过分的同情。却不料鲁迅有时竟将友作仇，暗加中伤，乃竟至这次老羞成怒，反说我别有作用。我一生不愿意要人了解，然而毕竟有些太难说了，这离奇的事实所给与我的酬报！

狂飙运动，已在“《狂飙》周刊的开始”一文中约略说及，即科学运动，艺术运动，思想运动，即建设的文化运动是也。因为是文化运动，所以主张大联合。鲁迅必欲从《莽原》排斥出狂飙分子，然不能根本地破坏狂飙的文化运动，且也不必这样也。鲁迅虽欲以“个人名义”来压迫文化运动，然此实不可能，别一方面，则又证明彼对于纸糊的权威者的假冠，仍有不能忘情者。

我的说话，虽带感情，然实仍是批评。所谓思想界先驱者，亦只说明过去。将来如何，自然要鲁迅自己负责，我如何能代为预言？

若夫其他琐事，如狂飙社以直报怨，则鲁迅不特身心交病，且将身败名裂矣！我们是青年，我们有的是同情，所以我们决不为已甚。

从“颓败线的颤动”一文产生后，鲁迅艺术上的一条新路开辟了，勇壮地走去，正可以发掘艺术的真金。为什么“偏不”，“偏不”地来同我们无聊呢？我的老友，请你再思再想，不要一误误到底了吧！

我懒得说话，过几天再同读者相见吧！我也在发掘中国小说家的灵魂呢！

22，12，1926，在中国

名字的退化或进化

1. 过去与未来的名字

过去：	第一期	启明
	第二期	开明
	第三期	岂明
未来：	第四期	颇有自知之明
	第五期	不明

2. 现实与理想的名字

现实：	第一期	启明
	第二期	开明
	第三期	岂明
理想：	第四期	复明
	第五期	新明

《猛进》第五十四期目录预告

Gogol 启事

Dostoieffsky 说，俄国的小说发源于《外套》。本人事前并不知情，事后亦未尝高兴。此等批评，乃是他人暗中所“加”，别有作用。倘见者因此受愚，概与本人无涉。

又，文学创作，皆系以个人名义发表，乃忽有混称曰文学史者，实出意外，我对于文学史，向不知是怎么一回事：如何史，史什么。不敢掠美，特此声明。

又，前因有人不明真象，因我写过小说，便称我为小说家，“所以”我把已写好的《死灵》卷二烧掉。乃后世独有人称我为小说家，且《外套》一作，译成中文，而章序中又叠加嘲骂，真是欺人害己，害得“死灵”也“复活”矣。只得又来特此声明：我也不曾写过《外套》，而且，人间也不会有过 Gogol 即中文哥哥尔的译名。完事。

译自我文

一 人 对 话

L：启事登出来了。

仍然是 L："所以！"

又来一个 L：启事又登出来了。

L 本人："所以！"

赠小老头及其傻瓜

天尽头，
地尽头，
渡到埃及古渡头，
金字塔上看日头。

回望中国小老头，
手捧《狂飙》咬指头，
但吃山西醋，
不喝汾阳酒。

小老头，
是什么……
头上漂出一傻瓜。

用手打嘴巴。

自谓回自大西洋，
博士小帽挑顶尖，
口唱莲花落，
张开没人看，

羞得红了脸，
翻脸骂看官；
你们不读书，
你们是青年！

看官不理他，
一笑两哈哈，
好戏好收场，
哈，哈，哈，哈，哈。

埃及人。

断续之声

我近来本不想写这类琐碎文章了，而想继续写我的“家庭之下”及批评，然而我的生活偏不允许我，我遇得偏是这样年头。

我现在决意再来继续这个工作，这个无益于自己而讨人嫌的工作。

这些是我随便写的文章。虽然是随便吧，然而文责我是敢负的。然毕竟太随便了，所以常写错字及有语病的句子。在这一点上，我的朋友“手民先生”也常帮我的忙，我非常感激他。也有人常给我一些挑剔，使我能及早觉悟，我也感激得很。但或者我仍将错下去，则真无法而已！

特 别 声 明

所谓走到出版界者，其实同我的“读书杂志”差不多，只是有时也同书局说几句不中听的话罢了。

我只在写我的杂记，我对天明誓，我决不敢自命在指导人，更不敢自慢去要人受我的什么影响。更不是什么“中国的绥惠略夫”，我只在说着关于别人的我自己的话。有人常给我造谣，所以我也只得来特此声明。

寄到八道湾

岂明老弟：

俗语说得好：不怕官，只怕管。我也认了错吧，为的是我们的那个孩子所谓“狂飙丛书第二”者。

我本来想从辽远的南城到府上拜访你去，又怕碰见那位冤枉的疑古玄同或又来一个什么日本人，殊多不便。总而言之，我没有拜访你去。

我看过了《语丝》第一百十三期——你真是一个趣人呢，装得那么像！有人担心过我会把人间的趣味都毁灭掉，现有你鲁灵独存——我不知道这句子通不通，因为我没有读过书，请你原谅——真可谓威已有之，疑又何焉了！唉唉，我终是这样不通！

你说，我的文章你大抵看过，可是有一篇你“偏”没有见过。如其你愿意看时，我不妨给你开出这样个

"方略"来：——

人类的脊背

——《心的探险》34 至 58 页

我总是好谈我自己的文章，正如人家好谈他自己的妻子。这篇文章即"人类的脊背"，委实太理想了，也许是太顽皮了，总之是做得不好。我一点描画人类的本领都没有，所以是有时真佩服人类的自画自赞呢！但这仍不妨请你一看，你，《自己的园地》的作者，奇文共赏，疑义与析的批评"论"者。

我是一个八十七岁的老头子了，所以我还是老实人。我常说：小孩子是老实的，老人也是老实的。你常自命老人，其实，唉唉，中篇小说的假装者呵！

我不是晋人，你又在"挑剔风潮"了。正如，我说绍兴酒不好，汾酒好，"京兆人"也要吃醋，然而我不能说京兆人是绍兴人。而且，仲平也不是越南人，是我一时老糊涂了，以致引起你的误会。总之，这一点又是我的错。

至于索隐问题呢，我们暂且作为悬案好了。反正，《语丝》总有停刊的一日。但要请你放心：我此后再不谈及《语丝》，而且也再不看《语丝》了。本来我批评《语丝》，倒还是《语丝》同人春台先生示意的呢。

此外，我还须有几句话为我自己辩护。

我近来的精神是很颓丧的，直到今天还是，是因为我的同情太多了的缘故。我有时也疑惑这是妥协，不久我也许要抛弃它了。因为这颓丧，我不能多做我的工作。我因此也想避免一些麻烦。所谓麻烦者，比如说同你变戏法。我很不愿意完全把你的戏法揭破，因为我是很同情于你的缘故。可是，你却是刺太多了，多到要变成魔术。你的一句什么话如何会使我不能冷静呢？有我请求你把我的文章重读一次的必要，也许你是看得太粗心了呢！可是，又说回来了，这里还有一个神秘，我不说，你也猜不透。但是，我现在“偏不”说！

你毕竟是很好疑惑的一人，你现在还在疑惑着，关于某君的事。我老老实实地对你说，你不必担心了吧。我不会那样发昏，也不会那样对不住朋友。我们曾经住在过一个寂寞的国里，我对于那个国里的几个寂寞的伴侣们如何能没有一些怀古之情呢？我所希望你的，是，跳起来，再去走一程道路。你还有这样能力，一个四十几岁的年轻后生！

傻子们太多了，这真使我们气闷！比如，半农今天又在《世界日报》副刊上空嚷了！我看了真是失笑，唉，这只哑猫！你总是那样好同朋友们开玩笑，这你是应该预先阻止他一些，可是你“偏不”，或者还正是你“挑拨”的呢！

我很想写一篇科学的文字，说明一下这幽默的真象。可是我终于“不能冷静”，以致不能做这一件批评工作，真是不怕你笑话呢！我真太不冷静了，冷静到使你也将感到“悲哀”，或者说，赠给你一些悲哀。不，幽默不是科学的，更不是艺术的，这只是一种高等杂感，或者叫它做红学，或者如你所说过的道教思想。

我今天为什么这样絮絮叨叨地？我又想同你谈一谈冷静。唉，冷静，我所说的冷静，不是你那样的冷静！冷静是要说真话，不是要开玩笑，你不要弄错了吧！当你做《小河》的时候，你是冷静的，而且也是热狂的。唉，《小河》的作者呵，你的生命遗失在那里去了？我如何能不可怜你呢？

你曾经“轻飘飘地”说过：“《新青年》时期的老兵

有的退伍了，有的投降了，而新的还没有练好。”我当时懒得驳回你，因为我知道你总有一天你自己打你的嘴。可惜这一天来得太快了，这个，我很为你悲哀，我又很为中国庆幸！你1925年联合战线上的老兵呵，你现在是退伍了呢，还是投降了呢？

朋友，再老实些，再来看看France，Tchekhov来写些杂感或批评，做一个有人的思想的真正的绅士。你的杂感是有内容的。可是你的批评却内容很少。比如，你批评《沉沦》，便很皮相，更无论于《雨天的书》里那一篇《鸟声》了。然而，你毕竟已是一个皮相的批评者了。添一些内容进去，你可以做出一些更好的批评来。这是一件很有意义的工作，如其你不以为你是一个假贵族如溥仪似的时候，如其你还以为你是一个人。

你说你不想回骂我，唉！虚伪的门面呵！我几时骂过你，我在什么地方骂过你？你不要以为现在一般中国人糊涂，你也便装糊涂，自误而误人！现在以后还有未来，中国之外还有外国。你们有的是从外国回来的博士，略通外国语的。比如，请刘半农把我的文字译成法文，那里的人们当然会明白。我也很想拜访刘先生请他给我担任这一件工作，又怕他教书太忙，干不了这件事。而且，这些真无大关系，不过随便说一说罢了。其实，你便是回骂我，也只是演一幕独角的滑稽戏，所谓自画自赞罢了。于我又有什么关系呢？如这所谓回骂者，是说要攻击我的思想，严重地，则那其实倒是给我拟定一些通俗讲演的题目，而且我也未必便去讲演呢！真的要攻击我的思想，那还须先明白我的思想，而我现在所写过的一些文章，又没有一篇充分地写出过我的思想。

这个年头儿，什么事都闹得五花八门，使人们莫明其妙，这只因丑角太多了。还有些丑角在自命英雄，让我们失笑吧！唉唉，你也在扮演丑角呢，但你的好处是知道你扮演的是什么。总之，这一点是你的好处。你是一个“假冷静”，不如那个“真发昏”老实，但是那个“真发昏”他现在也学起“假冷静”来了，这又够多么有趣！唉，趣味的遗留呵！唉唉，我请那位“真发昏”先生也不要太忧虑了呵！

当你看我的信到这里的时候，注意，请你振作起一些你的精神来，像你在创作你的“小河”。是的，我要报告你一个消息，也许你的见闻未必比我更广。有一个僻静地方办的一个刊物，骂得你很凶，而且很对，是一个好的刊物。时代已显明地变了，便是我不写批评，该去的仍然要去，谁有什么法子呢？然而你近来偏像愈告奋勇似的要固守着旧日的阵地。什么是旧日的阵地呵？去了，去了，它早已远去了！这便是相对论的真理呵！你当然会明白的，虽然我的文章这样晦涩。

有不少人都起了很大的反感，这你总应该“严重”一些了吧？你做的只是一个空梦，对于你并没有好处。有好处的，只是那些关于自己努力的！比如说，你的那些学生们，即如春台——还要我再说吗？如其你不自己倒下，谁又能踏得倒你？如其你不自己起来，谁又能扶得起你？可是，再让你失笑去吗，我偏要这样：给老牛抽一鞭子，并喂它一把青草！自然，这是笑话，要请你宽容呢！

你的广告也做得很好，比“将醒先生”虽不如，但总是无二的“老”手了。我觉得这件工作也是很有意义的，而且也是不很容易的。我们住在这样一个国里，有许多事待做，所以我们便不能把小己看得太重要了。最好的，我们倒还是忘记了我们自己，去做一些真的有意义的工作。要架子有什么益处呢，除了把我们自己失陷在黑暗的深渊里以外？我时常也想，我们以后的书上无须乎要序了，我们把序做成一篇真实的广告倒更为好些。普通商店的广告，不是说谎，便是不着实际，怕是只有坏处，没有好处。我们为什么不去做一个人类的最忠实的工人，为什么不去做一个时常在进步着的思想的人，而必须要停在路傍做未来的阻碍物和庸众的玩偶呢？我总是这样严重，我现在说得又太严重了！可是，那我便索兴再发挥一下这个“严重”吧。我说，我们的国民的积习实在是太不严重了，太好开玩笑了，把什么都不当一回事，所以什么也都没有多大的进步。我们现在所处的时代，已经不是那个闭关时代，而是一个在帝国主义侵略下的时代，这不是小学生们都知道的事实吗？然而我们偏还有许多人在从事玩笑的工作，并且讥笑那种严重，如狡猾的人讥笑诚实，那究竟是不是合于正义或公理的事实呢？我请求你严重地把这个问题解答一下，我很希望你能够在正义与公理那边找到你的根据，也便是我们大家所愿意向之低头的。

现在也并不是没有人误解我同我的朋友，但这是因为他们的思想不很好的缘故。我们是低头真理的，我们愿以我们的生命做保证。像你，主张宽容而又自命老人的人。如其真的看出我们有什么错处，正应该和气地告诉我们，我们一定愿意接受。但你却并不告诉，而只是讥笑，而且也使我几乎失悔我的严重只成为发傻，使我抛弃了那种态度而来学步你的讥笑！唉，我现在多么失悔呵！我写到这里，我几乎想把我上边所胡写的那些东西都撕碎了呢！我真是要怀疑了呢！托尔斯泰对于一个不认识的所谓异国的青年尚那样严重的写三十六页的长信，为什么我们反而不能够希求于我们同国的人，而只得到讥笑呢？我不可以再严重起来吗？假装一个老人严重地给一个同国的人写三十六页的长信吗？这个，莫非还会害了我吗？

在北新广告的脊背后头隐藏着一个评论家，我没有访问那究竟是谁，总之是一个评论家吧。如其你知道时，请他老先生出来评论一下《语丝》近几期所发表的几篇妙文好吗？我实在怕污辱了我的笔锋，不愿批评这类不成话的东西！《语丝》完全走了堕落的路，它现在已快变成我们时代的《礼拜六》了，这你真不免在自己打自己的嘴巴呢！我们近来也颇想在《狂飙》周刊上添设一栏“什么话”。转载这一类妙文，可是我们终于不肯毅然这样办。这个事实在说明我们的新运动，已经在《新青年》时代的“反抗”上染着过量的“同情”了呢！可是有些人们也应该知道自重一些，不要一心一计地自讨无趣！

你是相信思想家指导社会的一人，那末，《语丝》的堕落，也便是有社会意义的事了。你自己既然不能装假干净，你也不能不让我们来批评。如其我们的话不足取信的时候，又何妨再请刘半农把《语丝》上的几篇妙文译成法文请罗兰批评一下呢？便是那一罗兰，曾经说过《阿Q正传》是写实的讽刺的艺术，而不久又被中国人改成最高的艺术的那个替中国人做广告的罗兰！

一个人如不能说几句公道话的时候，便什么都完了。你是曾经说过一些公道话的。比如近来关于广告的事，我的带有批评性质的广告被人拿去做了诬赖我的口实，而别一方面，则有的广告上却也在拿我的名字开玩笑，由“鲁迅与长虹”而变为“鲁迅及长虹”了。如其我不宽容时，我如何能放得过这个去？我可以请你对于这些琐事，发表一下你的意见吗？自然，这是没有什么关系的！可是，如其你真的又要说，“这便是公道的”的时候，那你便不必再说了！其实，这又是闲话一套，因为我不是已宣言过此后不再看《语丝》了吗？

还有，《语丝》上有个什么老人者，那是你的徽号，他的大作也便是你的自画自赞！

纸笔珍贵，恕不再费！

不恭了，请！

13，1，1927，真实的假老人，知名不具

请疑古玄同先生自己声明

《语丝》第一百十三期岂明先生解答《狂飙》第十期《〈语丝〉索隐》，谓疑威将军即是疑古玄同的徽号。我已有言在先，要请岂明先生本其民主思想提出正式驳论。今乃装名士之丑脸，吐诙谐之笑话，只得认为不合条件，退还原处。再就事实而论，疑古玄同是一爽快人，人所共知，不似岂明先生多疑者，此显系陷害好人，脱却自己，今姑再开宽容之网，如疑古玄同委实即疑威将军，请其投函本刊，自己声明，因我已宣言不再看《语丝》，如在《语丝》声明，当然无效。仍是限期一月，过期不候。

我有真凭实据，证明疑威将军即岂明先生之自画自赞，但现在则暂不宣布。

疑威将军其亦鲁迅乎

大家都知道鲁迅是一个头少帽多的人，然则，疑威将军这一顶帽子或者也是鲁迅之帽吗？待我们掠一些证据看者。

鲁迅为思想界权威者，则诚哉“威已有之”了。此其一。

鲁迅在《〈阿Q正传〉的成因》一文中，谓有人疑惑他做狗首领。夫鲁迅之有人的手，之有人的脸，而又会说人的话，而又会写人的字，乃公众所相信，而非鄙人所得而诬赖者也。此鲁迅之非狗明矣。吾人虽非专门狗学家，然狗之为物，有目共睹，未见其有所谓“领袖制”也。然则即使退一万步说，即使鲁迅自己愿意变狗，亦只能做一普通狗，而不能做领袖狗即狗领袖也。此已足证明鲁迅为一多疑之人，而亦即所谓“疑之何焉”了。

此其二。

鸣呼，“疑威将军”果真鲁迅之第四顶纸冠乎？吾人且拭目待其“所谓疑威将军者鲁迅启事”以决之可也。

14，1，1927，在犹太

“天才”一下子

1．一鼻孔出气的人有两张嘴

所谓一鼻孔者，《语丝》也，老时代也。所谓两张嘴者，鲁迅之嘴与岂明之嘴是也。所谓一鼻孔出气的人有两张嘴者，即鲁迅之嘴谓我攻击鲁迅乃因与彼争《莽原》地盘，岂明之嘴谓我攻击岂明又因彼不恭维我是也。

然而长虹对天下后世宣誓：不需要任何人的恭维！

2．我原来是天才

我记得我曾写过一文叫做《天才破毁论》，我为什么写这篇文字，现在也不暇细说。我只说，我从前所认为几个天才的朋友看了此文，都非常高兴。别一方面，则我所认为非天才或是天才而亦仅只小天才的一个朋友看了，则竟神经过敏而误为此文乃为彼而发。则甚矣，作文之难且苦也。

且不管这些，无论如何，我自己不自命天才，是可以证明的事。不料有岂明者，偏说我自命天才，证据则是我“听人谈过尼采”，而且是从文字上看来的。我是天才吗？一个最大的侮蔑呵，然而我是海了！

3. 两面等于一面曰所谓一面之辞也

我同周岂明见过两面，是他低能，忘怀了。周岂明曾当面恭维过我两次。但我没有高兴，却仍然“骂”他，什么缘故？岂明明白，只是装糊涂，我也乐得暂且不宣布。

4. 大鱼与小鱼

大鱼说：你吞了我吧！

小鱼吞大鱼——幽默。

大鱼说：得了，还是让我来吞你吧。

5. 鲁迅梦为皇太子

鲁迅梦为皇太子，醒了时，笑了，却仍假装在梦中。天才曰：糊涂虫！

鲁迅梦为思想界权威者，醒了时，则狺狺然“狗”也。于是而用捣鬼与造谣而假装其若有权威者。天才曰：糊涂虫！

天才曰：其糊涂优于假聪明，是故鲁迅者，非岂明所可及也。然则当如何？曰：岂一变，至于鲁，鲁一变，至于道。

读《语丝》一一五期感言。

写给《少年哥德之创造》

《莽原》上跑了罗兰，哥德却从《现代评论》上来了。我们今年的翻译界总还算不很寂寞。

我很喜欢看那篇《少年哥德之创造》，比《罗兰传》也许更喜欢看些。为什么呢？因为那里述说的是我自己。

只是因为穷的缘故吧，使我不能够多读外国书，所以有时也想到搬到外国图书馆隔壁住家去。现在却不这样想了，因为我已经明白了读书是一件没有多大的意义的事。

只是因为穷的缘故吧，所以连我读了一两本尼采的著作的英译本，也变成了“听人谈”，而且连我也成为中毒者，而须听候医生的检验了。

我现在却要预先声明一下子，我这一次喜欢读《少年哥德之创造》，并不会又中什么毒，因为那里所有的所谓毒者，那正是古已有之的我自己的毒呢！唉，唉，我果曾中过什么毒吗，你“低能批评家”呵！

我是正人而且是君子，所以我可以读郭沫若的译文，可以读鲁迅的译文，也可以读西滢的译文。我看译文便是看译文，却不管谁是它的译者。

但我也并不又自命什么哥德，因为他仍只是一辈古人。

26，1，1927，在北京

再寄八道湾

现在是所谓腊月二十三的晚上了，虽然没有吃晚饭，但也没有病。今年大概不会死。

我现在想起一段神话来。“食少事繁，其能久乎？”二十世纪的司马懿未免神经过敏了吧？

我现在也不想同谁决斗，请勿为我担心！

哈哈哈！

外带女裤一件，备新年服用，请查收。

山路遥远，交通又不便，寄到时大概已经过时了，则真有无法而已！唉，苦矣！

知名不具。

所谓自由批评家启事

我也来模仿一下子吧，这委实是无聊的事。但使鲁迅看了，也还知道世间有不舒服的事，便算不无用处，并无奢愿。

我所说的自由批评者，自由即不党同伐异之谓，批评即科学的批评也。我本想在“批评工作的开始”一文后，正式来做这件工作。不料尚未动手，却先来了外面的党同伐异式的侵袭，即鲁迅与岂明之侵袭是也。因须先来迎敌，所以只得停止了自由批评。

是的，自由批评正是尚未动手，《走到出版界》只是随感式的批评，并无多大意义。所谓自由批评家者，是鲁迅给我戴的纸冠，别有作用，让他去自打自招，于我没有关系。

《走到出版界》也并没有什么战略，只是有人来咬时便踢他一脚，如此而已。《语丝》所载“《走到出版界》的战略”，“新的世故”两文，也都是鲁迅断章取义，蝎子撩尾。别有作用，自打自招。

我今年很晦气，因为来者都是小鬼，并无敌人，而我又不能放过他们，又不忍打倒他们。

真有想攻击我的人时，希望他攻击我的艺术作品，攻击我的科学或思想论文，乃至攻击随感中的思想，不要躲在书局的背后来咬我的脚后跟。

特此启事，并祝鲁迅与岂明胜利！

28，1，1927，在北京。

女士与文学家的心

女士！如其有一个文学家看见这“女士”两字，他的心里感到一些不光明的忏悔时，那便可以证明中国人是有灵魂的！

读者当然不明白我所说的是什么话。但在别一方面，人家也许又要给我造谣说，得到什么天眼通了。

也是真的，有一些琐碎而重要的事实，真的不容易瞒得我过去。

29，1，1927，在南冰洋之北，北冰洋之南

取消批评工作

在《狂飙》第六期上我发表了一篇批评工作的开始，但是，直到现在，我还一篇批评也没有做出。我现在的心情是决难来开始这个工作的。而且，我现在的意见且已同那时有些不一样了。那篇文章，本来是编入第五期的，不料到那一期将付印的时候，我的精神上受了一个大的打击，因此，那篇文章也便被挤到第六期去了。而且，很显得有些离奇。有些人也许以为我是惯好为自己辩护的，但却有些最关紧要的事实，最容易使人误解我的事实，我却并不为自己辩护，我反而藏在心里咀嚼那种无上的悲哀。即如上边所说的那一个大的打击，我直到现在始终没有宣布它的真象，因为这对于我的一个朋友太难堪了。

我自然是很庆幸的，因为我能够办起这个周刊做我的十几个穷朋友的工作的园地。当我们的季刊突然中变不能出版的时候，也正是我们工作过的《莽原》将要拒绝我们工作的时候，但是“自然”是仁慈的，我们终于又办起一个周刊了，我们没有几乎被闷死，我们会且将不会闷死了。至于人们对于我们的周刊的态度如何，我们当时倒还是没有想到过的事。

但也有不幸的事，我们的周刊走进了一个多难的路。我们不是贪图省事，畏惧艰险，沽名钓誉的人，然而我们遇到的“多难”委实违反了我们的心。总之，我现在不愿意建设我的批评了。虽然我仍将写一些随感式的批评。

我很想多说及一些青年朋友们的作品。代表时代的时常是青年。我爱未来，而厌恶过去，虽然我也愿意给过去以深的同情。因为一些缘故，我不能够多谈及过去了。

有人写小说的时候，时常在那里骂人。而来说明他自己的小说的时候，也是为了骂人而来说明的。我希望这人自己有一天觉悟，但我不将再来多嘴了，除了我应有的防御之外。但是，唉，什么是防御呵？人们还正以为那是挑战呢！我们能够不向着前面走吗？如其遇到迫害，我们将束手被擒了吗？如其这种迫害反而假冒了正义的招牌的时候，我们将因逃避误解而屈服于这种迫害吗？谁将公平地来审判我们呢？

批评将是一种新的科学了，将要是世界的了。这倒给我以一种解救，或一种有理由的怠慢。是的我将怠慢。

遥望未来，我心燃烧！回念过去，我心凄寒！我将有无希望看见那复燃的过去的寒心？

介绍《珴珈》

《珴珈》通信处：广州昌兴新街42号二楼曼华转。

我只看过两期。我现在要批评的是第二期超华的“肉的故事”。

我们现在说到肉的时候，很容易使人误解。肉几乎要成为一种神秘了。自然，也有一些被人们认为是肉的描写的小说，而其实倒是猥亵的描写。真的肉的描写，不是描写肉的动作，不是描写肉的言语，而是描写肉的心理。“肉的故事”是一篇真实的肉的描写的小说，因为它描写出肉的心理的变化。我不愿意说这是什么收在名人文集里也无愧色的作品，我只说这是近于艺术的作品了。而且，这是在名人文集中还不大看见的作品呢！

艺术不能避免地要随时代而进步，所以好的作品时常不是那些摆架子的人们所能做出，而常出诸有真实的感觉的素人之手。有真实的感觉的青年的作品，时常可以在艺术上创造出一个新的景象。

在人类的生活中可以看出有两种方式：一种是所谓满足的，一种是所谓贫乏的。满足的人们得到了实际的利益，但也同艺术无缘了。艺术永久是慈悲的。它永远站在贫乏的人们的身傍，而装满那贫乏以充实的生命。而贫乏于是便得救了。所以贫乏于肉，正是真的肉的描写的作品。

14，1，1927。

多数是对的

思想是环境的产物，是有阶级性的。某一个思想的人只是在为某一阶级的利益而说话。但这是普通的所谓思想。

少数是对的呢，或者多数？多数是对的！在思想上，最大多数之最大幸福这一句话仍然是有价值的。不是迎合某一阶级的心理，在历史上以孤独的个人惹起少数愚蠢的群众的反对的那些思想家，正是最先出来为多数的民众利益说话的人。克鲁泡特金，马克司，易卜生都是这样的人，绅士们没有资格拿他们来装幌子。反之，最先反对他们的人，倒正是那些绅士。再说透彻一些吧，所谓愚蠢的群众者，即为小环境所幽囚而不闻大道之绅士是也。

何以国民运动可以打倒军阀？因为，多数是对的！

再则，何以单纯的政治不能解决劳动问题？因为，少数是错的！何以帝国主义必将崩坏？因为，少数是错的，而且，多数是对的！

如其世间真有低能儿这一个东西时，那便是，只有周作人是一个低能儿。

时间里的过客

让我把我在旅途上所看见所经历的一切告诉给同行的人们。走路的人大抵时常都感到寂寞，这是因为在荒漠的人生，敢于在这荒漠中走路的人太少了的缘故吧。地球上何以有这么多的生物？这也许正是一个愚妄的惊异。道路是平坦的呢，或者崎岖的呢；是薇蔷之圃呢，或者荆棘之丛呢？只是因人的足迹之所至而异其形象，实则，道路只是道路而已。然而，人们倒正是睡眠的动物：有的睡眠在绅士之家，有的睡眠在绣花之塔。仅只在夕照中反映出他们的影象，给那展转于大路上的旅客以怜悯的题目。于是而，路是人生的大路，无界限，无阶级，无恩怨，无计算，是忠实于真理的人们的老家。你从这里也许竟会悟得了那艺术的至上的法门，原来并不是古典的抄袭，或无聊的怨怼。科学的路，什么的路，原来只是这一条路。是从少数人的寂寞，奋斗而通到那多数人的痛苦忍耐的。

真正的艺术家在历史上是那寂寞的人们中之最伟大的吧。何以伟大？伟大于寂寞的忍耐，乃至伟大于寂寞的享乐化。

中国在睡眠之国里是一个庞然大国。它的所有的活动，仅只是提着偶戏人儿登场罢了。因为没有易卜生，所以这纸糊的表面倒保守了几世几劫，现在还留了一部分遗产给它的子孙们享受。可是，唉，唉，中国的士族真是些不长进的东西呵！在那些过去的纸糊的表面的后边，又何尝没有一二清醒的人出来一为隐约地指点过它的真象呢？唉，唉，遗产而已，被那些贪舒服的人们利用了去倒做了护身符了呢！它们真有博大的无耻与聪明的愚顽。比如，那隐示妇女的痛苦的金钗十二，它们翻译成了红楼千金，《水浒》中的平民的涂炭，它们便又解之以乡愚仇视了。

这自然的，中国人中忍耐住寂寞的人太少了，这结果便成为艺术的缺乏。我们拿出《离骚》一读吧。这样忠实地，一往情深地，抒写自己的亦即人类的心情的作品又何其稀罕呵！我们读《离骚》的时候，会感到它比《野草》更是现代的作品，它的作者比《野草》的作者更是我们的朋友。唉，唉，我们现在的时代也许还是《离骚》时代吗？在一方面说，是的，我们只是在它的姿势上有些不同罢了。

我们的时代，也许还歌《女神之再生》的时代，也许还是《颓败线的颤动》的时代吗？但是，什么是我们的和平，什么又是他们的牺牲呢？而且，在我们的文学史上看来，那从寂寞中能够走得下来的人又何其少呵！

我们的《新青年》时代，是号称为新生时代的。由《女神之再生》开了端，到《颓败线的颤动》闭了幕，便是这个时代给与我们的遗迹吧。这两篇作品，又都是用了女性的形式表现的，这可以证明这新生时代是一个女性的时代吧。和平与牺牲，诚然是女性的美德，可是离着真正的创造毕竟还远些。而且她们的作者终于也牺牲了她们的精神了：前者投身在战争的漩涡；后者彷徨于权威的偶戏。所以，与其说是新生时代，在我们用现代的眼睛去看，倒不如说是新死时代更为合适吧。自然，生死只是相对的；但《新青年》时代毕竟是由生而至死，而不是由死而至生的时代吧。

我们的现在是一个新的时代了。这将是一个什么样式的新时代呢？自然还须待诸创造者去创造。我们需要和平，需要牺牲，我们还需要其他。

能够忍耐寂寞的人，常能够走到新的路上的吧。《新青年》时代的寂寞，在我们现在的作品中已开始表现出来了。现在的新的作者，便都是从那个寂寞的时代走下来的旅客，在述说他们所看见的与所经历的一切。可是，比如在十年以内，我们仍然是只有一个寂寞的时代呢，或者将是别样的时代呢？

是从少数人的寂寞，奋斗而通到多数人的痛苦，忍耐的；这真理在我们的现在仍然是不能移动的。或者说，现在正是要走入真正的这样的时代。我们将要产生倍多文那样的音乐家，弥爱那样的图画家，罗丹那样的雕刻家，或者说比他们更为伟大的艺术家。在少数的人们蔑弃了多数的人们而衿夸他们的幸福，聪明的时候，艺术不正是要挺身而起。蔑视他们的蔑视，扫除界限，为那大多数的人们述说其不幸吗？这又是如何一种坚苦的工作呵！

我是从死到生的那一个时代的人民。我愿意述说那些死的，我也愿意述说那些生的。我可以和魔鬼订交，我也可以同上帝握手。真正的骆驼，真正的狮子，真正的小儿，都是我的朋友。

阶级与思想

前几年有人去找吴佩孚宣传共产主义，吴佩孚说，他有钱，所以不愿意共产，吴佩孚自然可以说是一个传统思想的代表者，他也相信自己的思想是对的。他是秀才出身，投笔从戎而来安邦定国的人，在经济的生活上，他们属于旧士人阶级。

不要以为张作霖一个人有多么大的本领，你要一打听时，便会知道有不少的进士，翰林都在他的幕下。张作霖的思想也只是旧士人阶级的代表思想。

军阀们在思想上都是同志，然而何以又相互斗争呢？这便是资产阶级的自由竞争呵！

从《新青年》而至北伐，军阀们一致采取敌视的态度，这便是新旧思想的战争。

好在，军阀的葬钟早已敲过，我也不再述说他们了。

艺术的内容与形式

艺术的新的内容不来自古典，而来自实际的生活。艺术的新的形式不来自古典，而来自科学。

何以俄国的未来主义不同于意大利的未来主义呢？在形式上说俄国的未来主义并不是什么新东西。

没有进步的科学，也没有未来主义与立体主义的艺术。

答 周 作 人

《小河》的作者：

你知不知道我是什么人，这简直没有什么关系，而且也是很难知道的呢！再则，比如我问："周作人是什么人？"这不也是很难回答的问题吗？况且你所说的什么人者，其意义又只像是"朋友乎？""路人乎？"呢？

我自己看人，并没有什么离奇的地方，则我看大家都是人而已，所以有时我也称这人以朋友。但有时，我也并不是没有叫一些人做敌人，那只是因为他们用敌人的眼睛看我的缘故。

你是译过显克微支的作品的人，可是你也曾问过显克微支是什么人没有？当你译显克微支的作品的时候，你问没有问过：他会不会因你不译他的作品便要骂你呢？在艺术这一方面的实情，你大概是知道的，当你写《小河》的时候，你想没有想过：如其你不因《小河》而受人们的恭维时，则将不再写诗呢？你是写过批评的人，你是不是因为批评受不到人们的恭维而才不去写批评呢？你现在办《语丝》，是不是因为它可以使你受人们的恭维？

我是什么人，我不希望人知道。但是，如有人批评我的时候，我希望他批评我的文字，批评我的思想，不希望他批评我是什么人。对于你，我当然也这样希望。

正如你所说的，太离奇了，你说不知道我是什么人，你却接着便说了我是什么人！我究竟是什么人？一个“中了听人家谈尼采之毒，自己以为是天才，别人都应该恭维他”的人。《小河》的作者呵，你的这样批评是根据什么？在你没有找到这个的确实证据以前，你如何能根据了这个便武断地批评我的思想是酋长思想呢？你又说从前敷衍我的人们也应当分一点责任，这所谓从前者是什么时候，所谓敷衍者是怎么一回事，是一些什么人，应当分一点什么责任？

我也有像你似的述说自家的历史的权利吗？我以为有的，是，我也要述说一下子。我十八岁时在中国的一个省城里的中学校读书，正是袁世凯帝制的时候，有一次全省的学政界开提灯会劝进，我同一个朋友偏没有去。我却写了一首“提灯行”对于全城的黑暗空气肆其所谓骂。次年我终于从那里逃出来了。那里的一个国文教员，本来很“恭维”我的，那时也以为我不可救药了。那里的校长，本来很“恭维”我的，那时也说我是被人们“恭维”坏了。我此后便时常接受这样舆论，便是所谓中了什么毒者。但那时的人们并不知道世间有所谓尼采。所以我中尼采的毒，倒还是看了你的文字以后的事呢！而且现在的舆论同那时又不一样了，我现在如再写一首《提灯行》的时候，也许有人说，我是想取什么而代之呢！你，《小河》的作者，也是从历史中走出来的，不知道你也曾有过相似的经历，而且以为这正是真正的舆论吗？

说到尼采，我同你倒正当面谈过一次，也许你已经忘了吗？你说，尼采的哲学其实也没有什么新的东西，我说，我读尼采的书也只当是艺术作品。你笑了你忘记了也说不定。但我并不是一个喜欢尼采的人。有一个德国人，我很喜欢，我也以为我较近于他，但他并不是尼采，我如其举出我所最喜欢的十几个名字时，也许有一个是尼采，但在这里，他仍然不过是只占有他的艺术的地位，在我主观的态度上呢，则一切历史，我又都只看它做历史而已！

我自己批评，我的思想的重要部分，都是新的发见。如其述说自己不便是矜夸时，我不可以多述说一些自己吗？但我现在并不愿意那样。在别一种意义上说，则我以为，一个人所写的文字，都不过是述说自己而已，连你也不是例外。

你屡次在幽默里恭维而且骂我，你以为世间便没有几个人知道的吗？瞒得了别人，瞒不了自己，我知道你现在又在偷笑呢！幽默并不是一件新的东西，你当然可以知道的，上海的《晶报》已先你们而行之矣，但也并不是说你们没有较进步了一些。《莽原》某期有鲁迅译《论幽默》一文，则同你们的幽默不是一事，希望你在《语丝》上更正一下。饿了，改日再谈！

28，1，1927，长虹。

《新青年》时代的喜剧

第一幕　郭沫若上唱

太阳虽还在远方，
太阳虽还在远方，
海水中早听着晨钟在响，
叮当，叮当，叮当。

第二幕　鲁迅上唱

万千金箭射天狼，
天狼已在暗悲伤，
海水中早听着葬钟在响，
叮当，叮当，叮当。

第三幕　周作人，郁达夫上合唱

侬们欲饮葡萄酰，
愿祝新阳寿无疆，
海水中早听着酒樽在响，
叮当，叮当，叮当。

12，2，1927。

思想上的反动派

有一些专好走反动的路的人们，看见我们要毁灭过去，便反过头来颂扬希腊文化，整理国故。其实，毁灭过去，其意义当不是毁灭历史。老实说，希腊文化如何发生，中国历史又是怎样，怕终于还得待诸我们来说明呢！

不明白现在，如何能明白过去？整理国故的先生们能够回答这个问题吗？

《水浒传》，《石头记》，在艺术上的实情究竟如何，整理国故的先生们能够写一两篇科学的批评出来吗？

我们说，俄国文学好。他们便偏说，法国文学更好。我们说，科学好。他们便偏说，古代文化更好。但是，我们也不妨这样说：我们更明白什么是法国文学与古代文化。

总而言之；反动不是一种真实的思想的态度。所以它也不能够达到真实。

游离艺术与劳动艺术

过去的艺术大抵是游离艺术，因为过去的艺术家大抵是游离者的缘故。

艺术有没有确切的阶级性？过去的艺术家虽然大抵是贵族或中产阶级出身的，有没有纯然代表贵族或中产阶级利益的艺术的？这可以说是没有，虽然也很少纯然代表劳动阶级利益的艺术。

过去的艺术大抵是时代的产物，在时代上是有意义的。在现代的我们，已经不是那样的时代，所以不得不承认它们是旧的艺术了。

然而我们的现代也还很少是可叫做劳动艺术的，虽然有不少人在宣传它，或者简直地在有所自负。

什么是我们的致命伤呢？那便是，我们是中产阶级出身的，虽然过的是穷生活，然而终没有做了真正的劳动者，即农民与工人。

劳动艺术将要由劳动家去创进。

真实的艺术家将要到工厂与田庄去创作艺术。

政治与批评

我不以为政治可以解决劳动问题，因为政治家不是劳动家。同样地，不能创作艺术的人们也休要来批评我们的创作。

唉，唉，那些批评家们为什么不觉悟一些呢，为什么不把他们自己认清楚一些呢？如其不懂艺术而想去懂艺术的时候，如其有这样真诚的时候，为什么不来领教我们一些，而却要板起笑脸来教训我们呢？

我们反抗暴主，反抗游手好闲的说漂亮话的人们！我们的艺术战争的第一个目标便是，打倒那些牙子买办式的批评家！

如有人要来做批评家吗？我们的第一句问话便是：拿你的创作来！

如有人愿意同我讨论这个问题，我极喜欢领教。但讽刺谩骂，则恕我不理！

15，2，1927，在北京。

科学这样说

什么是哲学呢？当艺术的范围还没有扩张，当科学还没有形成的时候，于是有哲学的发生。没有科学的证明，没有艺术的忠实，哲学是情感的理论。一个哲学家的环境不能够代表全人类的环境，所以由个人的环境而产生的哲学在全人类的生活上不能代表真理。哲学比宗教是进化的了，因宗教只是感情的行动，而代哲学的理论以迷信。宗教是蛮性的遗留，哲学也是的。

神秘只是一种空想。神秘如其是不可知吗？则不可知而求知，正是科学的最适合的任务。神秘产生在科学恐慌的时候；也因为人们太难于忘情于宗教与哲学了。

艺术不解决什么，是艺术比哲学忠实的地方。艺术是最真实的环境的写照。艺术是自然，哲学是说谎，批评是哲学的假借，所以批评家不明白艺术。批评家想明白艺术时，第一件事便是，须他忘记了自己是一个批评家而复原为人。

想把人类的生活建筑在科学上，需要那样一类人：他能够看见人类的普遍的生活。这类人必需他自己是那平民出身，或者他虽生在中产家庭里而却降身为平民。人类的普遍的生活是穷苦的，不自由的，被压迫的，不幸的。幸福的只是少数中的少数；但他们将要被淘汰了。科学也将要蔑视他学。真正的人类科学行为的科学，它的逻辑是行为逻辑。

科学代替了宗教，政治，权力来统治世界的时候将要来了；那时每一个人都是一个科学家。

派　　别

派别吗？世间只有两派：一，古典派；一，现在派。罗曼替克，在外国是属于古典派的，在中国却是属于现在派的。

再则真理永远是属于现在派的。有永久的生命的艺术作品也永远是属于现在派的。

再则，科学永远是现在派。劳动永远是现在派。生活永远是现在派。

经济与艺术

我很想为某一些人们多写几篇说明中国经济情形的文字，因为他们如其不明白经济情形，也便不明白现在的艺术运动。

那些迷信历史而不注意现实，固执己见而不注意事实，以小主观而武断一切的人们，他们有没有理由说明我们的艺术运动呢？何以在一个时候乃至在一个作者，竟会写出所谓罗曼的，而又是写实的，象征的，而又表现的作品呢？谁能够把我们的艺术上的狂飙运动划归到历史上的某一个时期的某一派的运动呢？他们读我们的作品时，如其他们有那样的诚心，他们会觉不到那平铺在他眼前的，是一个伟大的合体吗？这些是如何如何而发生的，如其他不是神话上的奇迹？

如何艺术运动而与科学运动合为一体，如何科学将成为一种新的科学，乃至他将给与那科学的祖国的欧洲以一个新的礼物？

那些褊狭的观察者，他们如何而能够说“献与狱中的一个英雄”不是一篇无产阶级的战曲？他们将如何来批评“漩涡”，如何来领会“狭的囚笼”？

那些巧说现在的艺术须有新的形式与新的内容的人们，他们将如何而去认识狂飙的形式与狂飙的内容，如其不是狂飙自己来述说他的实情？

中国的经济情形是如何？这是只有平民才能感到，只有艺术才能表现，只有科学才能说明。那些小思想家，小批评家，那些酋长主义者，除了误解之外，他们还有所什么希求于他们自己呢？

从北京寄到广州

广州有三宝，
久欲去看看，
诗人与美女，
一个猢狲王。

美是理想美，
诗是朋友诗，
王是自由王，
久欲看看去。

广州复何有，
广州有一丑，
名叫不成话，

醉卧炮台下。

骂人好玩玩，
自己老偷闲，
梦作批评家，
才是炮声响。

管他成不成，
我住白帝城，
且借陀螺礼，
还寄无色人。

我之政治谈

如其我一天不能够不去商店买东西，那我便只得去买。如其这一家商店比别家和气一些，克己一些时，那我便到这一家商店去买。但我有权利不赞美商店。除了克己之外，我也有权利不受商店的小惠。自然，小惠对于有些人们正是大德，因为他们都有点偷儿的脾气，而且他们将要诽谤我。

我不高兴商店的老板，但我喜欢商店的学徒。我更喜欢商店的学徒改业为工厂的工人，因为那可以保证他再没有做老板的野心了。

是的，我也来谈谈帝国主义。商店也有帝国主义的商店。它的发展已是神话中的事件，现在已经快倒闭了。有人还想重新开张吗？唉，多么时代错误呵！

再 谈 批 评

朋其说，战争结束了时，还是把批评工作做一做好了。我说，不做了，我想做点比较重要的工作呢。

本来我走我自己的路，路又很多，何必要使人们提心吊胆地以为我故意要踩他们的足呢？这固然也由于中国的足都大半还是假天足；可是人家既然宣誓了决不解放，那我也不妨任其自行灭亡，免得人家倒骂我是什么酋长！

可是，我不批评他们，并不便是我不攻击他们。我取消了批评，我并没有取消了战争，我一个人也没有取消它的特权。

我要建设一个科学的艺术学。材料，我将大半取之于外国的。中国的，我只取之于历史的与朋友的，与虽不认识而却不以敌意对我的朋友的。

《青鸟》与《曙光》

到《青鸟》能够完美地在中国剧院上演的时候，时代自然要好一些了，我们去创造或者说等候那一个时代吧。现在呢，离青鸟之飞来还很远。青鸟象征的是什么意义呢？我不妨说，她象征人类的联合。而且，我不妨说，一切艺术都是人类的联合的象征。

不是神秘的，《青鸟》是科学化的作品。她是象征的，同时她也是现实的。我们试听那《时间的诗》的道白：——

> 他们要一个诚实人，只要一个，要来尝做一种稀罕的人物……诚实人在那里？……是你吗？……
>
> 他们需要一个英雄和不公道战斗；你就是；你非去不可。……
>
> 你将在你应去的钟点，应去的时候去。……我

们若是听你们的话，那我们一辈子也完不得事了，……这个要去，那个不肯去；这个嫌太早，那个嫌太晚，……

这都跟我不相干，……把你的哀求向生命去说罢，……我叫你们或离或合，只是依话行事，……来！

听罢。听罢，他并不是去死啊，是去投生咧！……来罢！……

没有看惯象征作品的人，对于这些也许自以为看不懂。但在艺术上，是应该没有懂不懂的问题的。“看不懂”，其意义等于“不去看”。所以我这里也不再加以解释了。

在艺术史上说，象征派是属于过去派的。虽然她有对于未来的预言。她是内部的真实的口供，而不是行为的宣言。什么是内部呢？其意义便是未来。她需要表现派来做更进一步的工作。她的生命之水最后与百川汇流而至于大海，而成为行为派或现在派。

《青鸟》的作者，同他的朋友《曙光》的作者，毕竟都是近代的和平的天使，虽然他也曾主战过。我读《青鸟》时，常想念到凡尔哈伦。中国人还很少知道他的呢。艺术家是不好名的，但我总希望他的那本《曙光》早一些译到汉文里来。

21，2，1927，在中国。

我的旅舍在那里

我是没有家的人，我也不再需要家了。但我也不愿意时常流浪着，而想把我安放在一个什么地方。

我自然需要住在一个穷人家里，使我没有一个时候忘记了我是穷人中的一人。我的邻居，我愿意它们是一些工厂，它们建筑在我的面前。我的左边，是一个实验室。我的右边，是一个综合的艺术院，从戏剧到音乐。我的背后，唉，让它是一个图书馆吧，而且让它是一个科学的图书馆吧。我找到这样个旅舍时，我至少也能够给我们的出版界以一些新的贡献了。

如其这个旅舍的下面有一个地窖时，它将是一个什么内容的地窖呢？我也许需要有一个医院，预备我将来害病，或者竟至死在里边吗？谁们又是医生呢？我向来不大相信医生的话，犹之乎我不大相信文人的话。一天，我也许会害了决死病，于是我走到地窖。或者，这时正是周岂明住在那里，于是他说：“你有些神经过敏或者什么吧？”再不然，便是蒋光赤住在那里，这可更麻烦了。他才很闲情逸志地和我开起玩笑来，他的第一句话是：蒋光赤不是蒋介石。害决死病的我总还不至于连思想也病了，会不知道蒋光赤不是一个英雄，或者打倒帝国主义的蒋介石会打到我的地窖里来。但我的病终是不可救的，于是我死了。蒋光赤这才好像明白了，在我的尸首傍自言自语道：“这人害的原来是神经病！”

唉，我没有害病，我也不需要什么地窖吧！

4，3，1927。

建设在民间

反抗帝国主义自然是一件重要的事。但是，如何才能反抗得了帝国主义？这个，第一件重要的工作是必须生产的科学化。又使生产科学化，如何而能不养成新资本阶级？这又必须科学为劳动者所占有。这事实倒是很简单的，只是把科学建设在民间罢了。

"为了民众的利益"，这时常是政治的标语，所以它便应该给与那民众的利益以一些帮助。

在我们的思想上，这"为了民众的利益"还没有成为一个熟语。这也许可以使一些从事思想工作的人感到惭愧。由政治的工作而通到民众的工作去的，总不如由思想的工作而通到民众的工作去的较为纯洁。而且，从事思想工作的人，其本身也便是民众。为了政治的目的而办的学校，不如那为了教育的目的而办的学校较为是教育的。

现在的教育可以说是政治的教育，犹之乎经济政策是政治的经济。这些都是同样的，对于政治的利益多。而对于教育与经济本身的利益少。教育与经济，在进化的历程上，是将要成为科学的了。可惜现在还没有教育的与经济的科学。但是，如其把教育与经济放在民间，那便至少也是近于科学的了。

在政治的工作上，妇女是不被重视的。这也未必不是对于妇女有益处的事。妇女正不必要退回那条腐败的政治的路上去，而是可以开始一些新的教育的及其他的工作，新的儿童教育，民众教育乃至学校教育以及其他。政治至少也是第二流人干的勾当，是一件过让的工作，而不是基本的工作。

穷人的世界

如不迷信传说，而一注意实际的时候，那我们便立刻可以明白我们的世界原来是穷人的世界。不但科学，艺术大抵是穷人们的创造，而且连那些政治家，资本家，军人，也大抵是从穷人队中出来的。穷人是住在民间的，所以我们的世界根本还是民间的世界。从前只因人们没有注意这个事实，所以穷人们起来以后，便都学会了阔气，羞与其他的穷人为伍了。这是穷人的退化。退化的穷人们组成了特殊阶级，作威作福；然而食肉者鄙，于是而灭亡，而有别一队穷人们取而代之。历史便是这出乏戏的复演。

所以，《乌合丛书》中不阔气的作者鲁迅忽然阔气了，便大登其阔人的广告来破坏《乌合丛书》。

愿我终身是一个穷人，愿我终身爱穷人们。

德谟克拉西的倾向

这是一件很奇怪的事：人类的生活并没有过根本的变化。进化是有的，那可以说是人类相互关系的德谟克拉西的倾向。

8，3，1927，在白都。

让我把安那介绍给维特

让我去搜寻绿蒂的可爱的质点，这是一件很困难的工作。她的行为，只是玩笑与世故的组合；没有真实的血性，是一个只有风趣的女子。我看见这样女子，讨厌诚然是讨厌的，可爱却不见得可爱。或者，如其她的年龄是七八岁时，那也许可以引起别样的观感。

维特毕竟是一个罗曼的青年，在空想中给自己创造了美，而把那美又嵌放在叫做绿蒂的那个人上边，而又为他自己的空想去烦恼，去自杀。自杀，在这里不是一件必要的事，完全是由于作者的杜撰，而且，绿蒂那样的女子也不会使人自杀，她或者倒可以暗示人以爱的无聊。

与其爱绿蒂那样的姑娘，我想把安那介绍给我们的维特。世间真有太多的憾事，尤其在恋爱中间，有些太不平衡了。在艺术上说呢，安那的自杀确乎比维特的现实得多了，正如他们的年龄的差别。但爱情不随年龄的差别而差别；在恋爱上，安那是一个真正的姑娘，而绿蒂则是一个老太婆。

绿蒂是一种历史的代表。人对于历史，是要把它丢掉，否则，它会吃人。可惜维特被它吃了，然歌德却活着。

人在青年的时候，大抵做着永久的恋爱的好梦。结果是，这好梦常给人以破灭。神经过敏的艺术家又是这种形式中的极端的代表者吧。诗人的恋爱，很少是有专一性的，人们都看见这个破绽，于是有的便来攻击诗人是自利主义者。可是别一方面，诗人也是被他的好梦所欺骗过而才去反抗那种好梦的人。拜伦的后期的性生活，被人们很激烈地攻击了。可是，当拜伦被他的妻子舍弃的时候，人们也同样地曾把嘲笑与攻击放在拜伦的身上。人们所希望于诗人的，似乎是要他做成一个愚蠢的奴隶，否则，这人便不合他们的脾味，应该群起而攻之。

究竟维特是较为不幸的人呢，或者是绿蒂？维特的自杀或者只是由于他的神经过敏吗？无论如何，绿蒂保持了她的生活的平安，而维特被牺牲了。在性的生活上说，究竟应不应该分出男女的界限呢?

我一点也看不出在性的生活上的根本的男女的差别。妇女的被压迫，是属于经济的，及由经济而影响及性的；而不是根本属于恋爱的。安那的不幸同维特的不幸，我只觉得他们是同样的不幸。

恋爱的形式，那对于人类较合适的，也许将要成为一种“认爱不认人”吧，因为这种形式不是只适合于一方面的，它可以使维特得救，也可以使安那得救。

因为歌德和托尔斯泰过的是不同的生活，他们写出不同的小说来。我的意见是赞成歌德而反对托尔斯泰。正同绿蒂一样，我也不以为凯蒂是一个可爱的姑娘，而同样是她们的母亲的好女孩子。

同情与赏鉴

当我写那篇“批评工作的开始”的时候，虽然故意板起了面孔连批评的同情都加以否认，可是在实际上，同情与赏鉴毕竟是分离不开的。没有同情的分子，便是预先用一种师爷的态度去看一首诗或一节小说，终于不会看出它的好处。艺术是始于爱而终于爱的，离却爱便没有艺术。真正行批评是艺术的，而又是科学的。而科学又同样是爱的产物；不爱真理，不爱宇宙，又那里会有科学呢？

批评不能够离却同情，而人世又偏于常给同情以打击。我虽然认为《女神》与《野草》都有批评的必要，而反感却终于不让我去批评。在中国，真正的批评的产生也许还是很远的事，不是因为没有批评家，而是因为同情困于被容纳的缘故。

自己早知道中国的正在自由竞争的时期，却又时常想对于这竞争而加以补救。什么是补救呢？这不是一个最大的空想吗？这结果，除了自己回头来嘲笑自己的空想以外，还有什么可做的事呢？真理大概是这个：对于所有关于个人的事，都须付之以沉默。

古代的三大杰作

《离骚》,《水浒传》,《石头记》,是中国古代的三大杰作,我近来这样决定了。《离骚》代表了民族的,《水浒传》代表了阶级的,《石头记》则是性的与妇女的。

没有艺术的赏鉴力时,这三个作品也许都不会给人以好的影响。《离骚》使人绝望,《水浒传》使人捣乱,而《石头记》则又使人感伤。在事实上也是如此的。艺术是给人以感兴的,而不是给人以教训的;而人则接受它的影响,而拒绝它的刺激。

思想的地方色彩

同样的我，每住上海，则思想倾向阶级斗争，一回西湖，便又倾向和平，每住北京，则又常悲观现在梦想未来。

一个灵魂便是一块骨头

人们虽然不妨自命冒险家，但发见新大陆的只有歌伦布一人。

法兰士以“灵魂的冒险”而成为批评家了。中国的周作人闻风而慕之，于是而一读尼采，曰：此殆首长思想欤？成仿吾闻风而慕之，于是而“读尽一切书”，曰：惜哉乃无险可冒！

我曾说过中国没有批评家。虽然也有做过一两篇批评论文的，但实际的艺术批评却还一篇也没有。党同伐异是可以的；则成仿吾何不出来批评批评郭沫若，郁达夫的作品呢？

灵魂的冒险，最要紧的是要有灵魂。灵魂，在艺术上，什么是它的意义呢？

人们将要说：一个灵魂便是一块骨头！

实验教育

虽然不是什么危险时期，可是在我的生活上也终于感到了一时的窘迫。幻梦是一些也没有了。眼前的世界只是一个平凡的，明白的世界，而且是一个空虚的世界了。应该去建设些什么呢？这不是我的责任吗？是的，新的科学，这自然是很重要的，不，我还得进实验室去。可是，什么不是实验室，比如说，一个世界？

我现在想开始一种教育的建设。我认为在人类的生活史上，教育还是一件没有重视过的工作。可不可以不要它呢？我几次这样考虑，结果是，不可以。不但是这样，而且它还要完全地，完全地换一个新的面目，它将要充满它自己以科学，以艺术，以普通的生活。

我自己只是一个实验者，除此而外，我什么都不要。共同工作的呢——也是实验者吧。

校址当然是地球了；组织是感情；校名是人类的联合。

如何入学？一封信便够了。但不及格的，恕无复信。

经济的条件是完全没有，换句话说，便是，生活完全由学校担负。入而复欲出校的，随时任其自由。其他一切，总而言之，都是自由的。

开学日期，至时宣布。

有永久价值的时评

《申报》的时评没有时间性，是属于新闻而又超于新闻之时评，是即有永久价值的时评也。

中国的美国人

中国的美国人是中国人，而不是美国人。美国人不懂艺术，美国人之艺术批评都很可笑。然中国人之不懂艺术者也颇不少，故称之曰中国的美国人。

《查拉图斯特拉》与《资本论》

这两部著作的重要与其需要译出，是无须说的了。前有郭沫若已译过一部分，后者，也曾说过要译了。这自然是很烦重的工作，一时怕是不会看见译本的。

前者，我曾几次请鲁迅先生译，终于未译。后者，我早希望中国共产党人去译，而也成为空想了。现在我还是来希望沫若先生来干这件事吧！

《结婚的爱》

《结婚的爱》也许是很风行的一本书吧，我不以为这书会有什么好的影响。结婚在现在也许还是一件很尊贵的事，因为它对于那些绅士们确乎是有益的。《结婚的爱》对于那些绅士们确乎是一本有益的书。

我并不以为绅士们便不是人，但他们毕竟是人中的一部分无足轻重的人。艺术从来便蔑视他们，科学也将要蔑视他们了。

结婚的生活是一种什么样式的生活？当这个问题还没有解答之前，如何便能够问：如何是最美满结婚生活？

有人也许又要叫我是妇女之敌了，我如何管得了那些闲事呢？又有谁能够禁止我说：《爱的成年》是一本较好的关于性的问题的书呢？

短视的性科学家还没有看见人类的普遍的性生活，所以“思想”还占着优胜的地位。不明白人类的普遍的经济生活的人，也无从去建设真正的性的科学。

黄祸与酋长思想

人们都知道威廉第二是一个黄祸论的宣传者。他的用意，自然是所谓司马昭之心路人皆知。可是在别一方面，这也证明他毕竟是一个有见识的人。现在威廉第二已经失败，黄祸之谣也早随之以俱去了。

从前的欧洲人看亚洲，尤其是看中国，只是一块肥羊肉，得吃便吃罢了，但是狼子野心，却也有不大放心的时候。不放心，于是便想赶快吃它个干干净净，以免后患。

幸喜中国人终于有觉悟的时候，没有被完全吃掉。却反而像要站起来的样子。而今的舆论也不比往常那样漆黑一团了。有些人们谈及中国的时候，便像有无穷的希望，负有再造世界的使命似的。

用我们素朴的眼睛看来，本来大家都是人，原不必分出什么界线来。即便免强分出，也终于无用，到了仍然要合在一块。虽然我们离这时代还很远，可是而今比往常毕竟不同了，至小，黄祸之说已经不大闹嚷嚷地了。世界毕竟仍然是进化的。

我活在现代，忽然来谈黄祸论，委实无聊得很。现代世界的冲突，已不是黄白的冲突，而是无产阶级与帝国主义的冲突，而是帝国主义互相的冲突。黄祸论之在现代，似乎已经成为神话上的材料了。

可是世间的事也真难说，文明的人也正不免有蛮性的遗留。君子样的人，在寻常或者可以保持君子的态度；可是遇了手足无措的时候也便不免露出马脚来。

我也不妨这样想，我到了欧洲的时候，也许有一些反对我的思想的人，又要从古典里抄出那废弃已久的黄祸论来吓我了。我想到这里，虽然知道不免神经过敏，可是终不能强制我自已的寒心。

人而不生在法国，德国或英国，而生在中国，已经使人不免要寒心了。中国而又生在北方，而又生在北方的山西，真不免是最大的不幸呢！我时常很有些偏爱犹太人。犹太人也很对得住我，因为他们里边有马克司，有勃西兑斯，有安斯坦，有特罗斯基。

本来大家都是人，原不必分出什么界线。恋性的遗留却偏给人分出界线来。于是而中国分出南北，而北方人的思想于是而成为酋长思想，于是而我的思想便失掉了所有的内容，而仅只成为酋长思想。

戏　答

1

我曾误入白虎堂，
一个妖精把我缠，
当面说我是上帝，
背面说我是魔王。

妖精男身而女心，
疑是白蛇变诗人，
我爱男子性刚强，
我爱女子多痴情。

与她和好有一年，
生了个小儿叫草原，

满望小草成灌木，
妖精翻脸出真相。

但得妖精不害人，
爱人不如爱妖精，
白蛇水淹金山寺，
我妻吃我伤他人。

有人说我是神仙，
慈渡妖精成圣贤，
妖精变人心六窍，
只有一窍是瞎眼。

三日三夜泪成红，
泪煮金箭射她心，
一射成人人死了，
再射成妖妖复生。

而今妖心有七窍，

抚养草原把仇报，
生子不必知父名，
我今生子种祸根。

2

他说他读我的诗，
想起他的曾祖父，
可是，他也曾知道，
他的曾祖父叫什么名字？

他说他是地之子，
而地又是日所生，
日呢，又是我之子，
所以他是我的小曾孙。

小孩玩笑本天真，
不该装假学大人，
别说我有天眼通，
天只在我手掌中。

我的光明无滞碍，
我心本是婴儿胎，
待到明晚月上时，
换个花样你再来！

也 是 戏 答

1

与一贵妇曾订交，
成婚一年便离弃了。
贵妇带来——小鸦头，
希腊诗文能上口，
有心把她留在家，
鸦头要随妇人走！

唉，奴隶从来属主人，
我是乡下一老农，
茅屋重起陇亩路，
明月与太阳订新婚！

2

老道家住八道湾，

八道中把一道忘。

剩下七道是什么？

孝弟忠信礼义廉！

3

而今人还信神道，

我为新神找主道。

官家见了忙掩门，

我们只为迎元老；

商贾拿起算盘子，

新神不敌财神好；

书生去翻古宗卷，

哲人主张废宗教；

最后寻到小说家，

任性，任性复任性，

我们自有老教条。

而今人还信神道，

只有斯神没人要。
若问新神是何神，
便是人类自己身，
相信便是两相好，
三十年后大流行。

4

我早已知道这一个道理，
小丑也是我的好兄弟。

让我接受了你的怨嗔，
再让我接吻你的灵魂。

这北京真是座死城，
我的歌儿都化成了灰尘。

迁地为良，
我将搬回我的老家乡。

家乡何处，

哥儿呵，你可愿给我引路？

唉，我自己认识路途，

可是，哥儿呵，你可愿为我打一套花鼓？

可是，悲哀深藏在欢乐里，

花鼓打罢了，哥儿呵，再为我洒一掬同情泪！

埃及古歌译呈刘处士

得恋安知非祸？

失恋安知非福？

恋于得失之外，

一切福中最福！

在春天来了的北京。